Takashi & Katsuya
「書きかけの私小説」

「あ…」
鼻先でシャツを捲りあげた木辺さんが、背中にキスを降らせて肌を濡らす。
背骨に沿ったその柔らかい感触はゾクゾクとした快感を呼んだ。
（「二人の私小説」P.57より）

Chara

書きかけの私小説

火崎　勇

キャラ文庫

この作品はフィクションです。
実在の人物・団体・事件などにはいっさい関係ありません。

書きかけの私小説

目次

口絵・本文イラスト／真生るいす

書きかけの私小説

子供の頃、近くにある教会が夕方の六時になるとその鐘を鳴らした。

俺《おれ》はその鐘の音を大抵は河原で聞いていたのだけれど、高く長いその音が響くととても悲しい気分になった。

それは遊びが終わる時間。

一緒にいた者達がバラバラになって帰る合図。

一人になって、家路を辿《たど》らなければならないという命令。

六つ離れた兄は当時近くのスイミングクラブに通っていて、クラブのない日は一緒に遊んでくれた。

けれどその音が鳴るとクラブへ行ってしまうのだ。

「お前はまっすぐ帰れよ」

と言って、兄さんは同じクラブに通う木辺《きべ》さんと二人、いなくなってしまうのだ。

俺は兄さんと、その親友の木辺さんがとても好きだったので、その二人から一遍に置いてけぼりになるその瞬間が一番嫌いだった。

夕暮れを知らせる鐘なんて、鳴らなければいいのに。

いつまでも三人で一緒にいられればいいのに。

まだ小学生だった俺は、あさはかにもその『鐘』のせいで全てが終わるのだと音を嫌っていた。

今も、教会の鐘は鳴る。

けれどもうサラリーマンになってしまった自分にとっては関係のない音。

それでも、時折それが鳴るのを耳にするととても悲しい気分になった。

さようなら、と誰《だれ》かが言うようで。

もうこれで終わりだよ、と誰かが去ってしまうようで…。


「中澤《なかざわ》」

編集長に名前を呼ばれ、俺は目を通していた校正原稿から顔を上げた。

「ちょっと来い」

小林《こばやし》さんは分厚い唇に咥《くわ》えたタバコをここからは見えない灰皿で消して手招きする。

まだ仕事の途中なのだが、編集部内においては上の者の命令は絶対だ。

仕方なく手を止めて、俺は編集長の傍らに立った。

「何でしょう」

ちらりと見るとその手元には先日出した企画書が置かれている。

「ここに書いてあること、本当か」

「やる気があるかってことですか？」

「ばか、そんなものなかったら企画書出すなんて思ってねえよ。お前が木辺克哉《かつや》の知り合いだってことだ」

それが食指を動かしての質問だとわかるから、大きく頷《うなず》く。

「はい、兄貴の親友なんです。今は近所に住んでますし、しょっちゅう遊びに行ってます」

「兄貴がか、それともお前か」

「二人ともです」

「ふぅん」

小林編集長は企画書を持ってぺらぺらと振った。

「やっこさんが書かなくなって二年か…。話題はまだあるな」

「まだどころか何時《いつ》だってありますよ」

「それはお前が決めることじゃねぇ、読者が決めることだ」

「でも最後の一冊を除いてはみんなランキングに載るほどの売れ行きでしたよ」

「最後がボロクソだったのが問題なんだろ。たとえどんなベストセラー作家でも、賞を獲得してても、書けなくなったらオシマイだ」

「まだ書けます」

ムッとして反論したが、編集長は反論とは思ってくれなかった。

「書いてんの見たのか?」

それどころかジロリとこちらをねめつけてくる。

だがここで怯《ひる》むわけにはいかなかった。

「原稿自体は見てませんが、ポツポツ書いてるのは見たことがあります」

自分の目的を達成するためには自信を持たなくちゃ。

「『あの』木辺克哉の新作長編か…。まあ手に入ったらウチとしてはありがたいことだが、信《しん》憑《ぴょう》性はナシだな」

「そんな!」

不服の声を上げる俺を無視して、編集長は手にしたボールペンでガリガリと頭を搔《か》いた。

それからやっとこちらを見て軽いタメ息をついた。

「だがまあ望みゼロってわけでもなさそうだ」

「そうですよ」

「日常の仕事に支障を来《きた》さない程度で頑張れるってんなら、中澤。お前、木辺先生の担当やってみるか?」

「本当ですか?」

「いいか、あくまでも片手間だぞ。それだけにかかりっきりってわけじゃないからな」

「でも、展望が見えたら専任にしてくれるんでしょ?」

「本人が原稿書くって言ったらな。悪くても雑誌用一本、上手《うま》くいきゃ単行本一冊分取って来いよ。ま、少しくらいなら期待してやるから」

「頑張ります」

俺は勢い込んで敬礼の真似事をした。

他の編集部の人間がちらちらとこっちを見ている。

その中でも、一番新米の俺に目をかけてくれている先輩の佐田《さだ》さんは、席に戻るとすぐに椅《い》子《す》を転がして近寄って来た。

「何、今の」

伊達《だて》でメガネをかけてるその顔には興味津々と書いてあるのがすぐにわかった。

「仕事ですよ」

「木辺克哉って聞こえたけど?」

「はい、木辺さんの原稿取って来いって言われたんです」

「お前、知り合いなの?」

「兄貴の友人なんです」

「へぇ」

そう。

子供の頃兄さんと一緒に遊んでくれた木辺さんは、作家になったのだ。

ただし、今では誰もが色んな意味を含めて『あの』という言葉をつける作家に。

そして佐田さんもやっぱりそれをつけて言った。

「『あの』木辺克哉と知り合いかぁ。原稿取れるといいなあ。書いてんのか?」

「まだです。ただ、仕事持ち込んでみたいって言ってるだけで。今やっとその許可が取れたとこですよ」

「何だそうか」

すぐに原稿が取れるわけではないとわかると、佐田さんは興味なさそうに俺から離れて自分の仕事に戻ってしまった。

誰もが木辺さんに興味を持って、原稿が取れるなら何とか頑張ってみようと言うのは、彼が学生時代に書いた小説がいきなり大きな賞をとり話題になったからだ。

二十歳そこそこの若造が書いた、家族に病人を抱えた青年の苦悩と恋愛を描くその話は、福祉ブームの始まりとあいまって斬新《ざんしん》にして鋭利と褒《ほ》めたたえられ映画にもなった。

しかもその後、続いて出した三冊のうち二冊がテレビドラマ化された。いずれも単なる恋愛小説ではなく、もう一つテーマを持って描かれたのが当たったのだろう。

今時は十万売れれば大バンザイの小説の中で、彼の本が立て続けに数十万部も売れたというのもそれが理由だ。

その後もコンスタントにヒット作を生みだし、彼は二十代で中堅作家になった。

ただし、みなが『あの』と言うのは続きがある。

立て続けにヒット作を出して忙しくなった木辺さんが二年ほど前に出した本は、恋愛というファクターを抜いただけで全く売れなくなってしまったのだ。

一冊だけならタイミングというものがあるだろうが、続いて出した二冊目も、恋愛は入れたが主人公の二人が結ばれなかったということで女性客を手放し、ヒットしなかった。

なまじっかメディアの注目を受けていただけに、その時の批評は辛辣《しんらつ》で、経験の乏しさの露《ろ》呈《てい》とか、ロマンティシズムの欠落とか。二十代にして涸《か》れた一発屋とまで言われてしまった。

一発どころか何作も当てたのに。

そんな言葉に傷ついたのだろう、木辺さんはペンを断ってしまった。

みんなはまた『打たれ弱い男』とか色々と悪口を言っていたけれど、俺はそうでないことをよく知っていた。彼はそんな書評を鼻先で笑ってたんだから。

文壇にデビューして六年ちょっと、みんなはよくもったもんだと彼のその後の活動に期待するのを止《や》めた。

けれど、俺は彼にチャンスを作りたかった。

だって、俺が文芸系の雑誌の中でもテーマ性の強いものを扱う『エルム』の編集になったのは彼と一緒に仕事がしたいから、ただそれだけが理由だったのだ。

やりかけだった校正の原稿に戻り、俺はつい口元に笑みを浮かべてしまった。

長かった。

彼の前に『編集』として立てるようになるまで入社して半年以上。季節はもう冬に近い。

兄の友人である木辺さんと対等の立場で話をできるようになりたいと願ってからは、それ以上の月日が経った。

随分と時間がかかったものだ。

だがこれで、彼の家を訪れる理由ができたし、その視界に『中澤弟』ではなく映ることができるのだ。

「…頑張るぞ」

そのことを考えるだけでも、俺は嬉《うれ》しくてたまらなかった。

彼の役に立てると思うだけで心が躍った。

だって、俺は昔からあの人が好きだったのだ。

兄の親友でもなく、優しいお兄さんでもなく、ましてや有名な作家としてでもない。ただ一人の男として『木辺克哉』という男に恋をしていたのだから。

ずっと、ずっと以前から…。


俺が初めて木辺さんに会ったのは、兄貴が高校に入ってすぐ、俺が小学校の四年の時のことだった。

「ちっちぇえな」

それが木辺さんが俺にかけてくれた最初の言葉だった。

「可愛《かわい》いだろ、弟の『貴《たかし》』だ。まだ十にもなってないんだぜ」

兄はしっかりとした、いかにも長男というタイプで、年の離れた俺をとても可愛がってくれていた。

だから、家へ呼んだ友人にはいつも俺を紹介してくれていたのだ。

「いいな、こういうのウチにも一匹欲しいよ」

「だめだめ、これは俺の」

他の友人達は年が離れすぎている俺を、すぐに部屋の外に追い出したが、木辺さんだけは違っていた。

「チビ、お前家でごろごろしてるとブタになるぞ」

部屋の中に呼び入れ、軽々と俺を抱き上げる。

「ごろごろなんかしてないや」

まるで子犬の相手をするように。

「じゃ、外で友達と遊んで来いよ」

「遊びたくても友達が近くにいないんだよ。ここ、学区の端っこだからね」

兄さんがそう言うと、「ふうん。じゃ、俺達と遊ぶか?」と言って、俺を遊びに誘ってもくれた。

それからだ、六つも離れた俺が二人と一緒にいるようになったのは。

楽しかった。

自分の知らないことを何でも知ってる二人。優しくて、強くて、カッコイイ二人。

誰と一緒にいるよりも、三人で一緒にいることが嬉しかった。

二人はある部分とても似ていた。

何でもすぐにできてしまうところ。どんなことにも一生懸命なクセに諦《あきら》める時はスパッと捨ててしまうところなんかが。

ただ違うのは、兄さんが人当たりのよい優等生タイプであるのに対して、木辺さんは頭のよい野生児みたいだってことだ。

そしてその違いが、俺が抱く感情の違いにもなった。

彼等は高校入学と同時に近くのスイミングクラブに通い始めた。学校の部活ではなくクラブに通ったのは、その方が拘束が少ないからということだった。

泳ぎたい時間を自分で選べる方がいいというのが兄のセリフだ。

その二人が通うスイミングクラブに見学に行った時、彼等の泳ぐ姿に見とれていた俺は、二人の泳ぎの違いに気づいた。

あの人は兄さんじゃない。

兄さんとは違う人だ。

彼を兄弟のようには思えない。

彼はもっと別の、一人の男としてカッコイイんだ、と。

最初っから恋愛感情だったわけじゃない。その時はただ単に憧れていただけだった。

彼がもし、あのまま水泳を続けていれば、きっと恋はしなかっただろう。

高校三年で受験を控えていた頃、木辺さんは突然（でもなかったのかも知れないが）クラブの強化メンバーに選ばれ、アメリカに留学するはずだったのだから。大学も向こうに分校のあるところに進み、長く戻らなくなるはずだった。

だが結果から先に言えば、彼はどこへも行かなかった。いや、行けなかったのだ。激しい練習のせいで筋を痛め、選手としてはチャンスを逃したのだ。

彼は大学こそ当初の志望校へ行ったが、水泳も留学も取り止め。代わりにアメリカへ行ったのは、補欠だった兄さんの方だった。

慕っていた兄さんがいなくなるのは寂しかったが、驚いたことにそれよりももっと俺を悲しませたのは兄さんがいない間彼がウチへ来なくなってしまったことだった。

木辺さんは兄さんの友人なんだから当然のことだけれど、当時の自分は兄さんがいなくても彼と会えると思い込んでいただけに、ショックだった。

その時、俺は自分がどれほどあの人を好きになっていたのか気づいたのだ。

外国にいる兄よりも、もっと木辺さんに会いたい。

彼に笑いかけてもらいたい。

話をして、頭を撫《な》でてもらいたい。

彼に兄のついでではなく、自分を見てもらいたい。

やがて兄の一年だけの留学が終わり、二人の付き合いが復活するまで、俺はそのことばかりを考えて過ごした。

町角ですれ違う、そんな偶然すら待って。

兄さんが戻ってからは、また以前のように遊びに来るようになったけれど、その時にはもう『どうして彼は自分のものではないのだろう』という不満があった。

小さな独占欲。

それを初恋と言ってはいけないだろうか？　すっぱり水泳を止めてしまった木辺さんに小説を書くことを勧めたのは兄だった。

後は世間の知る通りだ。

大学三年でデビューし、一気にトップに上りつめ、たった一度の躓《つまず》きで追い落とされた。

ただ、彼は別にくさるふうでもなく、今はその時の稼ぎで飄々《ひょうひょう》としている。

三年前水泳選手としては引退し、シナリオライターになった兄とは今でも変わらず親友だ。

いつも同じような道を選び、争ってもいいはずなのに、全然そんなそぶりも見せない。

もし今兄さんに、付き合ってる人がいなければ、俺はきっと兄と木辺さんの仲を疑っただろう。それが木辺さんがアメリカにいる時に知らされていなければ、その相手ではないか、と。

だって、彼は金を手に入れるとウチの近所に古い一軒家を買って引っ越して来たのだ。

まるで兄さんの側に来るかのように。

「兄さん、今日は木辺さん家にいるって？」

土曜日、木辺さんの家を訪れようと思った時つい必要もないのに兄に許可を取るみたいにそう聞いたのも、何だか彼が『兄さんの』という感覚があったからだった。

「いるんじゃないか？　土曜はごろごろしてるはずだから」

別にそんなことしないでも、誰も何にも言わないんだけど。兄さんが家にいるのに黙って彼のとこに行くのは、何かムズムズしてしまうのだ。

「何、お前、あいつんとこ行くの？」

特に今回は。

「うん」

「遊び？」

「…半分は」

部屋の中から声だけで会話をしていた兄が、そこで廊下に顔を出す。

いかにも学生時代は生徒会長やってましたって感じの穏健温和な顔立ちが俺を見てにやっと笑う。

「貴。お前、ついに木辺に仕事を取って来たな?」

以前から俺が、彼がもう一度筆をとればいいのにと言い続けていたのを知っているから、兄さんはそう言った。

「別に、まだ取れたわけじゃないよ。ただ原稿書いたらウチで引き取るって編集長に言ってもらっただけ」

この兄の前ではどうも萎縮《いしゅく》してしまう。

怖いわけじゃない。こんなに優しい兄貴は他にいないだろうと思う。俺の方が何かにつけてオミソなのに、全然そういうことを卑下しないでいられるのは、兄さんが優しくて、できた人だからだ。

でも、『木辺さんのこと』に対する気後れは消えない。どうしても一歩気が引ける。

どこまでいっても木辺さんが『兄さんの友人』である限り。

「あんまりしつこくするなよ」

「わかってる。でも書いて欲しいって思うんだから、その気持ちはちゃんと伝えるつもりだけどね」

兄さんは部屋から出て来ると、後ろ手に閉めたドアに寄りかかって俺を見下ろした。

「それと、あんまり俺の仕事の話はするなよ」

「どうして？」

「あいつと仕事の話をするんだろ？　そういう時に他人のことを引き合いに出すのはあまりいい感じじゃないからな」

「…それくらいわかってるよ」

「どうかな。お前は昔っから俺びいきなところがあるから。作家ってのは自分の前で他人のこと褒《ほ》められるってのはいい気分はしないもんなんだぞ」

『褒める』って決めてかかってるところがちょっと引っ掛かるけど、俺が兄さんのことを話題にするならやっぱり悪口は言わないだろうから聞き流した。

「だから、わかってるって。俺だって編集者だよ」

「ナマ言って。今年なったばかりのぺーぺーのくせに」

指の長い手が伸びて、子供にするみたいに俺の頭を撫でる。

「お前、昔も俺と木辺を比べて色々言ってただろ」

子供っていうより猫か犬かな、少し乱暴だから。

「昔って何時《いつ》のこと」

「小学校の時だよ」

「そんな昔のこと、覚えてないよ」

「子供ってのは残酷だなぁ」

「残酷?」

何か言ったっけ?

小学校の時二人を比べるっていったら水泳のことだろうけど。

「何だよ、気になるじゃん。何言ったの?」

「いいよ、むし返してもしょうがない。それより、あれで木辺はナイーブな男だから、言葉遣いには気をつけるんだぞ。あんなむさ苦しい男でも、心は乙女なんだから」

そんなの知ってるよ。あの人がとても優しくて繊細だって。そこも好きなんだから。

「兄さんがそう言ったって言っておくよ」

でも俺はそのことを口には出さず、コーヒーを飲み干すと立ち上がった。

「新人編集の出陣か。頑張れよ」

「今度兄さんにもエッセイとか頼むかもね。その時はよろしく」

「残念でした。俺は木辺と違って身内切り捨て主義だから、弟の原稿依頼は受けません」

「弟じゃなくて、ちゃんと仕事としてだよ。兄さんの書くものはシャープで面白いと思ってるから」

「ほらまた褒めた」

にやりと得意げな顔を見せてこちらを見る兄さんにあかんべをして、俺は玄関に向かった。きっと、こういうことをしているから未だに子供扱いなんだろうけど、兄弟で気取ってもしょうがないもんな。

靴を履《は》いて夕暮れの街へ出て、ほんの五分足らず。

昔よく遊びに行った河原の近くに、古いその家はあった。

庭はほとんどないが、コンクリの塀の内側にはビッシリと木を植えて、内側からは緑しか見えないようにしてある。

見かけは古いが、家主が転居して来る時に大分基礎を手直ししたから、内側は多少今ふうになっている二階建て。

ここが木辺さんの家だ。

「こんばんは」

勝手知ったる何とやら、で俺は玄関を開けるとさかさかと中へ上がった。

「ああ、来た来た」

中からは携帯電話に応対しながら背の高い男がのそりと現れる。

彫りが深いのに、目つきが鋭く唇も薄いからくどく見えないさっぱりとした印象のある顔。

「さあね。どうするかはわかんねぇな」

電話中では話しかけるわけにもいかず、俺は目を見交わしてぺこりと頭を下げた。相手は片手を上げ、ちょっと待ってろというポーズをとる。

それさえ何となくカッコイイと思ってしまう猫背の長身。

くたびれたシャツを着ているけど、それがまたワイルドな顔立ちに似合っている。一歩間違えるとキザっぽく見える兄さんの出で立ちとは正反対だ。

「わかってるよ。…ああ、それじゃあな」

この家のたった一人の住人、この人が『むさ苦しい男でも、心は乙女』と言われた木辺さんだ。

彼は電話を切るとやっと俺に声をかけてくれた。

「今、至《たもつ》から電話があったよ。お前に苛《いじ》められるなってさ」

「至兄さんが？　ひどいな」

先回りされた気分。

『手を出すな』とクギを刺されてるみたいな。…そんなことあるはずないんだけど。

「苛めたりするわけないのに。俺は木辺さんの大ファンなんだから」

通される前に足を入れる座敷。

何にもないがらんとした部屋に、骨董品《こっとうひん》とガラクタの間くらいの茶ダンスとテーブル。

タバコを咥えながら足を投げ出して座る彼の横に、俺は緊張の面持ちでちょこんと正座した。

「何だ今日は七五三か？　それとも新作のリクルートスーツか？」

仕事だからと、わざわざキチンとスーツを着て来た俺にこの言い方。今までスーツ姿を見たことがないわけじゃないのに。でもこの人の口が悪いのは昔っからだから、今更こんなことでは怯まないけど。

「今日は正式に楠《くすのき》出版の社員として木辺克哉先生に原稿依頼に来たんです」

「書かねぇよ」

間髪入れずっていうのはこういうことを言うんだろう。さては至兄さん、電話で言ったな。

「木辺さん。俺のせっかくの努力をたった一言で片付けないでよ」

「はい、はい。じゃ、ちゃんと聞いてやるから能書きたれてみな」

彼は手を伸ばしてテーブルの上にあった飲みかけのペットボトルを引き寄せると、タバコを吸ってるくせにそのお茶も一口ぐびりとやった。

「俺、木辺さんの書く話、みんな好きなんです。いつもちゃんと『言いたいこと』のある話が好きで、主人公が前向きなのが好きで、恋愛感情が繊細なのも好き。それがもう一度読みたいんです。ですから編集長に話をしたところ、やっとOKが出ました。長いのが書けないようだったら雑誌用でもいいです。でもできれば単行本一冊分、是非新作を書いてください。担当は俺がやりますから」

　頭を下げて心からお願いする。

けれど彼は煙をふわっと天井へ向けて吐き出し、同じセリフを言った。

「書かねぇよ」

「木辺さんっ！」

「一言でも、長々と説明しても答えは一緒。そういう気分じゃないから書かねぇ」

「そりゃ、事務仕事と違ってやればすぐできるってものじゃないのはわかってるけど、これだけ長く休んだんだからもうそろそろ一本書きたいって思わない？」

「思わないなぁ」

「だって、書くの好きでしょ？」

「好きだから仕事したいってのはイコールで繋《つな》がるものじゃないんだぜ」

「…それはそうだけど…」

「贅沢《ぜいたく》しなけりゃまだ暫《しばら》く遊んで暮らすだけの金はあるし、雑文でちょこちょこ稼いでるしな」

「そんなのダメだよ。ちゃんとしたお話書いてよ」

　彼はおどけるように肩を竦《すく》め、またタバコをぷかりとやった。

「そのうちな」

「そのうちって何時?」

「そのうちってのはそのうちだ。さ、じゃあ仕事の話は終わりだ」

『じゃあ』で終わりにしないでよ。あなたの本を作るためにこの仕事を選んだのに。

俺は少しむくれた顔で膝を崩した。

頑(かたく)なところのある人だから、これ以上うるさく言って『二度とこの話はするなよ』と言われたくない。

今日はまだ正式な話をして第一回目。

取り敢《あ》えず俺の話を聞く態勢があるってだけでよしとしなくちゃ。

「貴、新しいビデオ入れたから見てくか？」

まるで子供のご機嫌を取るかのような誘い。この家に長くいる理由にまんまと乗ってしまう自分。

「見る」

この人の側にいたいがために、同じ本を読みたい、同じ映画を見たいと言ってるなんて、きっと全然気づいてないんだろうな。

「ネクタイ緩めとけ。何なら着替え貸してやろうか？」

「いいですよ。これでも社会人ですからね」

「俺のは着たくないか」

「サイズ合わないの知ってるクセに」

そうでなければ好きな人の服を借りるなんてオイシイ申し出、断るわけにいかないでしょう。

「でもネクタイは取らせてね」

俺はこの人がどれほどカッコイイか知っている。

彼が新しい話を考えた時、どんなふうに目を輝かせるかも知っている。

それをもう一度見たくて頑張ってるのに、上手くいかない。

不本意ながらも『弟』のように可愛がってもらっている自負はあるから、俺が編集者になったら木辺さんもやる気になってくれるかと思っていたのに、全然そんな気配もない。

やっぱり、俺ではダメなんだろうか。

兄さんじゃないと、この人を動かすことはできないんだろうか。

「今日のは古いけどちょっと面白いぜ」

仕事のことはすぐに横へ投げ出し、いそいそと遊びに頭を切り替える木辺さんを見ながら、俺は小さく呟《つぶや》いた。

「それでも諦めないからな」

木辺さんの耳に届かないと知りながら。

時代劇なんかで出て来るやさぐれた遊び人。それが今は一番木辺さんを表しているように思える。

でも俺が大学生になったばかりの頃はまだ忙しくて、『作家先生』みたいだった。その前はスポーツマン系のカッコイイお兄さん。

やさぐれた遊び人も含めて、何《いず》れにしても女にモテそうなタイプだ。

俺は兄さん達みたいにとびきり頭のよい人間でも運動神経のいい人間でもなかったけれど、いつも自分がどのくらいの人間であるかはちゃんとわかっていたし、前向きな努力は怠らない人間ではあった。

つまり分相応って言葉を知っていたけど諦めないタイプ？

だから彼女に不自由しないであろう木辺さんを、諦めることなくずっと思ってる。

最初にもう一人の兄貴のように彼を好きになった時から、恋人になりたいと思うように気持ちが変化した時も、相手が男であるとか、そういうことで諦めることは考えもしなかった。

彼が世界選手権クラスの選手になれると言われ、クラブの強化選手になり、アメリカ行きの話が出た時は、まだ恋心というほどの気持ちではなかったが、突然彼を失うという報告はショックだった。

けれど遠くへ行くからって好きじゃなくなるとも思わなかった。

ただ不謹慎だとは思うが、彼がケガをしてアメリカ行きが取り止めになった時、正直離れなくてよかったと喜んでしまったけど。

代わりに兄さんがいなくなるというのに。結局会う理由をなくして木辺さんがウチへ来ることもなくなったというのに。

恋じゃなくても、憧れだけでも。会えなくても、兄さんのオマケでも、いつもずっと自分はあの人が好きなままだった。

一度だって『好きじゃない』って気持ちになったことはない。

諦めが悪いから、小さな憧れをこんな普通じゃない恋心にまで発展させてしまったのかも。

その『恋心』に自分が気づいたのは、兄さんがアメリカから戻ったばかりの頃だった。

彼の代わりにアメリカ行きの切符を手にした兄と、仲たがいするかと思われたのに、二人はすぐにまた仲よくなった。

本当に妬《や》けるほどあの当時の二人は仲がよかった。俺の前でも、しょっちゅう兄さんは彼の肩に手を回して、ふざけていたくらいだ。

俺が中学生の時のことだ。

兄さんが彼に『小説家になれば？』と言ったのは。

木辺さんは当時遊び半分に物語を書いては兄さんに見せていた。兄さんが将来シナリオライターになりたいと言っていたからだ。

「俺は文系じゃねぇよ」

と言っていたけれど、その物語はどれも面白く、『ついで』で見せてもらっていた俺は、そのたびに続きをせがんだものだ。

だから、兄さんが彼に小説家になることを勧めたと聞いた時にはやっぱり見る目があるなあと感心していた。

そんな頃だった。

兄さんがでかけている時、ふらりと木辺さんがやって来たのは。

それ自体は珍しいことじゃない。けれどその時は丁度誰も家にいなくて、迎えたのは俺だけだった。

長いざんばらな髪を手櫛《てぐし》で梳《す》いたような頭にTシャツジーパン。

今も変わらないラフなスタイルで、彼は新しい原稿を持って来た。

「至は？」

見上げるほどだったあの頃の身長差。

「兄さんなら新宿《しんじゅく》の本屋行ったよ」

「帰るの遅いって言ってたか?」

「ううん、夕飯までには戻るって」

「おばさん達は?」

高校時代からよくうちへ来ていた木辺さんは、両親とも親しくしていた。

後になって知ったのだが、彼のご両親は当時お母さんの方が病気で、二人揃《そろ》って静岡《しずおか》の方の専門病院の近くへ転居していたらしい。

俺以外の家族はそのことを知っていて、足繁《あししげ》く通う彼を歓迎していたのだ。

「お父さんは遅い、母さんはカルチャースクール」

「この間フラワーアレンジメントはやめたって言ってなかったか?」

「今度は新しいの。手相だって」

「…おばさんも多趣味だな」

上がって待つようにと言わなくても、自分の家のように上がって来る。

でも俺は何も言わなかった。

事情は知らなくても、彼がそうするのは当然だと、もう思っていたから。

「今、インスタントラーメン作ってたんだけど、食べる?」

「おう、いいな」

木辺さんはキッチンまでついて来ると、ダイニングのテーブルの上に茶封筒を載せ、どっこいしょっという感じで椅子に腰掛けた。

「新しいの上がったの?」

「ああ」

「後で読ませて」

「いいぜ」

ラーメンを食べると言ったくせに、その指先はテーブルの上に出しっ放しになっていたおしんこを摘《つま》んでいる。

しょうがないなと笑いながら台所に立ち、鍋《なべ》に湯を沸かす。

「木辺さん、ミソと醬油《しょうゆ》とどっちがいい?」

「ミソ」

丼を出し、箸《はし》を出し、麺《めん》を煮立った鍋に入れる。

最初の一つを作って彼のもとに運ぶと、彼は俯《うつむ》いたまま何かを考え込むようにしていた。

あまりに真剣なその顔に、一瞬ドキリとする。

来た。

「…木辺さん？」

声をかけると、憂いを帯びた大人の顔が頬杖《ほおづえ》にしていた手の下をくぐるように視線を送って来た。

「ん？　ああ、できたのか」

その視線だけで、胸が締めつけられる。

どうしてだか、その時はわからなかった。真剣だから怖いのかな、と思った程度。

「具合、悪いの？」

「どうして」

「何か…怖い顔してたから」

木辺さんは脅《おび》えた俺の様子に気づいたのだろう。いきなり顔を上げると笑い出した。

「何だ、子供だな。ちょっと疲れてただけだよ」

「疲れてるの？」

「少しな」

「ラーメンに卵落としてあげようか？」

その言葉にまた彼が笑う。

「そいつはいい。頼む」

俺は慌てて冷蔵庫へ行き、卵を一つ取って戻ると彼に手渡した。

「これな、至の言ってた雑誌に投稿しようと思ってるヤツなんだ」

片手で器用に割り入れた卵を、彼の箸が軽く掻き混ぜる。

自分の分を作ろうと思っていたのだが、彼が話し始めてしまったから、そこへ突っ立ったまま耳を傾ける。

「大きい賞なんでしょ？」

「大賞がなかなか出ないので有名なヤツだ。入賞賞金が二百万」

「凄《すご》い、受かったら奢《おご》って」

茶化しながらも、彼の言葉の裏に潜むどこか真面目《まじめ》な感じにドキドキする。

「それでいいと思うか？」

「え？　何？」

「俺が投稿して、それでお前いいと思うか？」

彼の言葉の意味がわからず、俺は返事を手間取った。

だって、小説家になるんじゃないの？　そのために書き続けてたんじゃないの？

ここにある封筒の中には、そのための原稿があるんでしょ？

何故《なぜ》ためらってるの？

もやっとした雲のように胸に広がる疑問。

その答えは問わず語りですぐに本人が口にした。

「至、シナリオライターになりたいんだろ？」

「うん。そう言ってた。水泳は体力に限界があるからって」

「…あいつと俺は、いつも似たような道を歩くな」

「似てるからじゃない？　顔とか性格じゃなくて、考え方…なのかな」

「至がやろうとしてるところに、俺が割り込んでゆくのを、お前は許せるか？」

なるほど、それだったのか。

お話を考えて身を立てたいと思ったのは、兄さんのが先だった。高校時代からそんなようなことは時々口にしていた。

だからいくら本人に勧められたとはいえ、横入りのように同じ道に乗ることを気にしていたのか。

「許すなんて大袈裟《おおげさ》だなぁ。だって、小説家とシナリオライターなんて全然別のものじゃん。それに、当の本人が勧めたんだから、気にしなくてもいいのに」

彼の深刻な顔の理由がわかって、俺はほっとした。

「怒らないのか？」

「何で怒るの？　俺が木辺さんのお話読むの好きなの知ってるじゃん」

少し羨《うらや》ましくなるほど兄に対して気を遣っている彼が、こんなに男らしくてカッコイイのにちょっと可愛くて、自分で慰められるならと必死に言葉を操った。

「それに、木辺さんがデビューして有名になったら、兄さんにその小説をシナリオ化してもらって、映画や芝居やテレビ用にすればいいんだよ。著名作家のシナリオ化を手掛ければ、駆け出しの兄さんにもチャンスになるじゃん」

「至が俺を踏み台にしてデビューか？　それほど偉くはならねぇよ」

苦笑しながら、やっと彼がラーメンに箸を付ける。

「だがまあ、そう考えれば気は楽だな」

視線が外れて、肩の力が抜ける。よかった、納得してくれたみたいだ。

「気にしない、気にしない。どうしても気になるんなら、他人を引っ張れるほど有名になる。これだよ、木辺さん」

彼はもう返事をしなかった。

ただ音を立てて、豪快にラーメンを啜《すす》るだけだった。

この人が、ケガで水泳を止めてしまうまで、そのダイナミックな泳ぎっぷりから、彼の豪放磊落《らいらく》さに惹《ひ》かれていた。

けれど少し親しくなると、それだけでなく木辺さんという人間の細やかさにも驚かされた。

この人は、何も関係ないフリをしながら実は周囲の人間の小さな振るまいに心を配り、こうして悩んだりする。

優しい人だ。

切なくなってしまうほど、強くて優しい人なのだ。

だから、こんなに好きなのだ。

俺は黙ってキッチンに戻り、自分の分のラーメンを作り始めた。

鍋の湯が煮立ち麺を入れ、ぐるぐるとそれを掻き混ぜる。

「貴」

その時、もう食べ終えてしまった木辺さんが器を持ってこちら側へやって来た。

「悪かったな、変な話して」

と言いながらコンロの前に立つ俺に寄り添い、肩に頭を載せる。

「あー、チクショウ。どうしてかな…」

愚痴《ぐち》るような小さな声が耳元に響く。

その低い声が鼓膜を震わせた時、ゾクッとした。

まるで全身の皮膚一枚下スレスレのところに電流が走るように、耳の後ろに鳥肌が立つ。

「貴」

と、自分の名前が呼ばれ、抱くように腕に手が回ると、一瞬だけ身体が震えた。

「貴？」

「あ…、危ないよ、木辺さん。俺まだラーメン作ってるんだから」

努めて明るく言ったけれど、俺は後ろを振り向くことができなかった。

「ヤケドしちゃうよ」

身体を軽く振って、離れて欲しいと意思表示するのが精一杯だった。

「…おう、すまん」

すっと身体を引くように彼が離れてくれてよかった。そうでなければ、自分の身体に起きた変化を何と言われてしまったことか。

「コーヒー、飲むんなら淹《い》れてやるぜ」

「淹れて。牛乳入れたヤツね」

「ガキめ」

「どうせ二人に比べれば年下ですよ」

まだ若いから、テレビドラマのＨシーンでそうなることもあった。

雑誌のヌードグラビアを見てなることもあった。

けれどまさか、木辺さんの声と指先の感触で『勃《た》つ』なんて…。

その時俺は自覚した。

彼を『好き』と思うのは、兄さんや友人を『好き』と思うのと違う。すぐに恋愛とイコールになったわけではないけれど、この気持ちはそこに向かってる途中だと。

彼は特別、他の誰とも違う。

「俺、卵も先に入れよう」

とか何とか理由をつけて時間を稼ぎ、治まってからダイニングへ戻ったが、彼と目を合わせることができなかった。鼓動が激しくなり、妙に意識してしまうから。

「もう腹減っちゃってさ」

とラーメンをかきこみながら、ずっと顔を下にしていた。

「欠食児童だな」

と笑われても。

それ以来、俺は彼が近づくと緊張してしまうようになった。

意識しないようにしようと思えば思うほど、胸が騒いで、身体が反応してしまった。

クラスの女の子達の側より彼の側の方が心が苦しくなることを知って、だんだんと自分の気持ちがハッキリとしてきた。

これは恋に似ている。

いや、似ているんじゃなく恋だ。

自分は彼を、そんなふうに『好き』になっているのだ、と。


大好きな人に幸福になってもらいたい。

それは誰だって考えることだろう。

そして大好きな人には人生を楽しんで生きてもらいたいと思うだろう。

彼が『書かねぇよ』と言ったのに追いすがったのは、ただそれだけのためだった。

ちょっぴり、彼の新作が読みたいというファン心理もあったけど。

翌日から、『夕飯（時間的には夜食だけど）を作ってあげる』という理由をつけて、俺は退社後にまっすぐ彼の家へ行き、一緒に食事をしながら彼を口説き始めた。

木辺さんは俺の来訪の理由なんてとっくにわかってるだろう。けれど、お母さんの病気のせいで一人暮らしをしている彼は、温かいメシが食えるのは嬉しいと言って歓迎してくれた。にやにやとした顔だったけど。

彼の性格を考えると懇々《こんこん》とってわけにはいかない。

食事をしながら、間、間に挟んでゆく程度だ。

「ねえ、今度は時代物とか書いてみない？」

「この間面白い本読んだんだけど、木辺さんだったらどう書くかなって思ったんだ」

「読者も木辺さんの新作、待ってると思うんだけどな」

俺だって疲れてないわけじゃない。

新米の編集なんて、雑用係に等しい。

でもやっぱり彼に書いて欲しいから、毎日訪ねて行くのだ。

彼は一度望まない形で進みたい道を諦めた。

ケガがなければ、まだ泳いでいたかも知れない。

だから今度は『書くのが嫌い』と思うまでは、まっすぐに進んで欲しい。

他人の勝手な批評の煩《わずら》わしさに曲げる道なんてもったいないじゃないか。

でも俺の思惑はあまり上手くはいかなかった。

いくら口説いても、彼は笑いながら流すだけ。

俺の言葉に相槌《あいづち》を打つけれど、望む答えはくれない。

遠方まで原稿取りに行かされた日の夜、日付が変わってから家に帰った俺は、自分のベッドの上に洋服のまま引っ繰り返ると、ぼうっと考えた。

絶対、書きたくないはずはないのに、どうしてあの人は書こうとしないんだろう。

書きたくないわけはない。

書き始めた時、自分の心象風景を書くことが楽しいと言っていた。内に秘めたものにベールを被《かぶ》せ、ほんの少しの創作を加えフィクションとして吐き出せるのは楽になれることだと。

だとすれば『書かない』は『書けない』にはならないはずだ。

「何で書かなくなっちゃったのかなぁ…」

彼が見かけよりもずっとナイーブなのはわかってる。

兄さんが言う『乙女』かどうかは知らないけれど、周囲の人間に対して気を遣いすぎるほど気を遣う人ではある。

けれどそのナイーブさは弱いというのとは違う。

世間が言うように、何作かが続けて不評だったから、その批評の辛辣さに負けたなんて思えない。面倒で煩《うるさ》いとは言っていたけれど。

むしろ、木辺さんだったらそれを吹き飛ばすような新作を書いてやるって思うはずだ。

どんなことからだって逃げたことなんかない人なんだから。

「書いてると思うんだけどな」

もそもそと寝転がったまま服をベッドの下へ脱ぎ捨てる。

パジャマに着替えなきゃならないとは思うけど、面倒臭いからそのまま布団を持ち上げて中に入り込んだ。

こういうとこで手を抜くのが兄さんと違うとこなんだよな。兄さんだったら絶対ちゃんと着替えるどころか、風呂だって入ってから寝るだろう。

兄さん…。

まさかと思うけど、兄さんが書くなって言ってるんじゃないよな。

木辺さんは兄さんの言うことだけは聞くみたいだから、もし書くなって言ってたら書かなくなるかも…。

いや、書くのを反対してるんなら、木辺さんに交渉を持ちかけたところで俺にストップをかけただろう。しつこくするなとは言われたけど、止めろとは言われなかった。

「兄さんが書けって言ったら書くのかなぁ」

口にしてしまってから、俺は布団の中で頭を振った。

ダメだ。

それじゃダメなんだ。

恋人のいる兄さんと争うなんてバカみたいなことだけど、俺の当面のライバルは至兄さんなのだ。

元々親友だったのだし、仲がいいのは当然のこと。でも、不思議なのは兄さんがアメリカから帰って来てからの二人の態度だ。

何て言うのかな、力関係が微妙に兄さんのが上なんだよな。

本来なら、木辺さんが行くべきアメリカ留学を譲り受ける形になったのは兄さんなんだから、兄さんの方が彼に『すまない』って気持ちになって立場が弱くなるならわかる。

実際、行くまではそうだったんだから。

でも戻って来てからは、何かと二人で意見がかち合うと、兄さんの意見が通るようになっている。

わがままを言う人ではないけれど、もし兄さんが言ったわがままだったら、木辺さんは不承不承であっても聞いてしまうだろう。

兄さんがシナリオライターになると言った時も、既に仕事をしていた木辺さんが関係者に紹介してあげたのだ。

兄さんに『その気』はないと思う。ちゃんと付き合ってる人がいるんだから。

でも木辺さんがどうなのかはわからない。

ひょっとして、木辺さんは…。

「ああ、もう。何でこんなこと考えちゃうかな」

寝返りを打っても眠りに落ちることができず、俺は仕方なく起き上がるとパジャマに着替えた。

時計の針は二時近い。一時間近くも悶々《もんもん》としてたというわけか。

家人は皆寝てるだろうから、音を立てないように廊下へ出る。

二階にあるのは自分の部屋と兄の部屋、それに客間だけだが、音は上から下へ響く。

階下の両親を起こさないように足音を忍ばせた俺は、何か温かいものでも飲もうと階段へ向かった。

「ダメだね。約束しただろ」

静寂の中に突然響く声に、俺はその忍び足を止めた。

誰?

「あくまでも自発的に、だ。お前がどうこう言ったって相手にその気がないなら仕方がないだろ」

兄さん？

「自分がダメだって言ったんじゃないか。嘘《うそ》がつけないからって。今更そんなことをしたってそれは単なる仕事でしかないかもよ。手柄になるから利用してるのかもね」

仕事の電話かな？

俺は階段の上にしゃがみこみ、聞くともなしに耳を傾けた。

別に空腹なわけじゃない、電話が終わってから降りて行けばいい。

「意地悪じゃないさ。二人のために冷静なアドバイスをくれてやってるだけだ。とにかく、相手が動いてから自分で確認を取る。それでなけりゃ俺は認めないよ。いいな、木辺」

最後に届いた名前に、身体が緊張した。

相手は木辺さんなのか。

…何を話してるんだろう。

どうでもいいと思っていたものが、にわかに興味を帯びて来る。

「俺もあまり何度も言いたくないけど、双方納得の上なら許可するが、そうでなければ反対だ。以上」

最後の一言を、少し怒ったように言い捨てて、兄さんはそのままキッチンに向かった。

何だったんだろう、今のは。

仕事がどうの反対だのって言ってたけど。

まさか本当に作家に復帰することを兄さんが反対してる？

そんなはずないと思いたいけど、今聞いた会話はあまりにも不穏だ。

喉《のど》は渇いていた。

眠るために温かい飲み物を飲みたいと思っていた。

でも、階下のキッチンから兄さんが何かをする物音が響いても、俺は降りてゆくことができなかった。

聞いてはいけないことを聞いてしまったような気がして…。


翌朝、遅い朝食をとりに階下へ行くと、兄さんは丁度出て行くところだった。

「俺、今日も木辺《きべ》さんとこ行って、頼んでみるよ」

と言ってみたが、兄さんは表情も変えず、靴を履《は》きながら『頑張れよ』と言っただけだった。

誰かと約束でもあるのか、そのまま車で出て行ってしまう。

何だかもやもやとした気分だけれど、取り敢えず『止めろ』と言われるまではこのままでいいという許可が出たのだと思うことにしよう。

兄さんなら、言いたいことがあれば面と向かって言うはずだ。

俺も手早く食事をとると、会社へ向かった。

ハッキリしないことを悩んでいても仕方ない。

今日は昨日貰《もら》って来た原稿を校正に出して、トップ記事の写真のチェックとレイアウト出しして、カラーのゲラも取りに行かなくちゃならないし、忙しいのだ。

忘れることはできないけれど、今は棚上げにしておこう。

雑然とした編集部に顔を出し、自分のデスクに座り、積まれた大型の茶封筒を上から順に捌《さば》いてゆく。

変わらない一日の、変わらない忙しさ。

「中澤《なかざわ》！　白山《はくさん》印刷のゲラどこ置いた」

「真鍋《まなべ》さんのデスクの上です」

「おい、バイク便呼んでくれ、クイックの方でな」

「はい」

「明日、城山《しろやま》先生の原稿取り誰が行くんだっけ」

「内海《うつみ》さんです。佐々木《ささき》先生の打ち合わせの後で寄るって言ってました」

自分のやるべきことをキッチリとこなさないと。

今、自分が本来の枠を超えた仕事を通しているという自覚があるから、上から言われた仕事だけはおろそかにしないようにしないと。

普通の会社員は五時までの仕事だが、もちろんそんなものはここには関係ない。

時計が回って五時が過ぎ、六時が過ぎ、全ての仕事を終えてやっと自由な時間になったのが十時過ぎ。

やっと木辺さんの家に着いたのは十一時を過ぎていた。

「こんばんは」

声をかけながら玄関のドアを開ける。

「おう、入って来い」

今日はお迎えはなく、家の奥から声だけが響く。

上がって行くと、木辺さんはキッチンにいた。

「丁度よかった。今、腹が減って来たんで何か作ろうかと思ったところだ」

と言うけれど、まだ何の用意もしていない。ただキッチンでタバコを吸いながらウロウロしているという風情だ。

「待ってて、すぐ作るよ。簡単なのでいいんでしょ？」

「おう」

荷物を置いてシャツの袖《そで》を捲り、すぐにキッチンに立つ。

よほど腹が減っているのか、木辺さんは居間に戻らず、そこで俺の作業をずっと見ていた。

「何作るんだ？」

「ハッシュドビーフ。簡単だから」

「煮込まないといけないだろ」

「今は簡単なのもあるんだよ」

手早くタマネギをスライスし、鍋で肉とそれを炒《いた》める。

ジュージューといういい音がして、キッチンにはいい匂いが満ちて来た。

作業している時のが聞きやすいから、今話を持ち出してしまおうか？

俺はコンロに向かったまま口を開いた。

「ねえ、木辺さん」

仕事の話をするつもりだった。

けれど口をついて出たのは全然別のこと。

「最近兄貴と会ってる？」

「至《たもつ》と？　いや、別に」

「じゃ、話は？　した？」

そんなのどうでもいいことじゃないか。

何で俺ってばこんなこと聞いてるんだろう。

「別に。話すこともないからな」

嘘をついた…。

のに。

昨夜《ゆうべ》、電話してたじゃないか。俺はこの耳でちゃんと兄さんが『木辺』って呼ぶのを聞いたのに。

「至が何か言ったのか?」

俺には言えないこと?

どうして『ああ、昨夜電話したぜ』って正直に言えないの?

「別に。何も言わないから不気味でさ」

「何で不気味なんだ」

「あんまりしつこくするなとか怒られるかと思ってたんで…」

俺もまた嘘をつく。

そんなことはもう言われてるし、兄さんがどうこう言っても自分は自分の思う通りにするクセに。

「至のことが気になるのか」

「そりゃ兄さんだから」

そんなの、気にならないよ。気になるのは木辺さんのことだけだよ。

『木辺さん』と兄さんのことだから、気にかかるんじゃないか。

俺は乱暴に鍋の具を掻《か》き混ぜた。

「おいおい、零《こぼ》れてるぞ」

背後で見ていた木辺さんが近寄って鍋を覗《のぞ》き込む。

ふいに近づいたタバコの匂いに身体が硬くなった。

そんなふうに近づかないで。俺を抱くように腕を添わせないで。

俺は兄さんとは違う。あなたがそうするだけで心臓がバクバクいってしまうんだから。

「大丈夫だよ、座って待っててもいいんだよ」

側にはいて欲しい。近くにはいて欲しい。けれど近づきすぎて自分の変化に気づかれるのは困る。

もう中学生の時のようにイキナリあからさまな変化は来《きた》さないけど、それでも悟られてしまうかも知れないと思うと怖くなる。どこかで、感じる体温を嬉しいと思っているクセに。

矛盾しているバカな自分。

「見られるの嫌か?」

「そうじゃないけど、タバコの灰が入りそうで」

「ああ、そうか」

離れてくれるとほっとする。でも同時にさみしくなる。

シンクの中に吸いさしのタバコを捨てるジュッという音が聞こえ、再び彼が背後に立つ。

けれど今度は寄り添っては来なかった。

少し離れたところからこっちを見ているだけだ。

「その箱、開けといて」

ルーの箱を開けてもらって、それを受け取る。木辺さんの長い指が少し触れて、それだけで胸をときめかせる自分。

バカだな…。

「至、新しい仕事受けるんだろ?」

今『話してない』って言ったクセにまた兄さんの話題。

「知らない。兄さん、あんまり俺に仕事の話しないから。でも毎日忙しそうに出てくよ」

「あいつ、単発のドラマやらせてもらえるらしいぜ」

「へえ」

「本当に知らないのか」

「知らないよ」

兄さんの話なんかしなくていいよ。

自分が振ったのに、彼の口が兄さんのことばかり語るのが悔しくて、俺はぶっきらぼうに答えた。

「そんなことより、木辺さん、まだ書く気にならない？」

「小説か？」

「うん。新しいの、読みたいよ」

「そしたら、至の新作シナリオの原案になるか？」

「…兄さんのために書くんじゃないでしょ。木辺さん自身のために書くんでしょ！」

少しムッとして、俺は声を荒らげた。

「そうだな。俺が書くのは自分のことばかりだ。だから…今は出す気になれない」

「え？」

振り向いた拍子に、菜箸《さいばし》を持っていた手が鍋に触れる。

「熱ッ！」

「ばか、何してる」

大した熱さではなかった。

突然だったから声を上げただけだった。

なのに彼は俺の手を強く摑《つか》むと、そのまま流しへ引っ張ってゆき、水にさらした。

「何やってんだよ」

大きな手に包まれて、冷たい水が焼けた皮膚の上を流れてゆく。

けれど摑まれているところは別の意味でもっと熱くなった。

「大丈夫だよ」

「火傷《やけど》を甘くみるんじゃない。後で酷《ひど》い目にあうぞ」

「ちょっと触れただけだから、ホントに大丈夫」

空回りしている自分の気持ち。

ごちゃごちゃとして、自分でもキチンと整理がつかない。

「待ってろ、今何か軟膏《なんこう》持って来てやるから。よく拭《ふ》いとけよ」

手を離し、薬を取りに彼が離れる。

あのね、俺は木辺さんが好きなんだ。

だから仕事もして欲しいし、兄さんのことばかり話さないで欲しい。俺に秘密を作らないで欲しい。

単に弟分なだけなのに、沢山の要求をこの胸に秘めている。

俺を好きでいて、側にいて。そう思いながら俺があなたを好きなことには気づかないで、あまり近くに来ないでって思ってる。

こんな中途半端な気持ちだから、あなたは俺の言葉に耳を傾けてくれないのかな。

流水で濡《ぬ》れた手を丁寧に拭くと、鍋に付いた部分だけがほんのりと赤く染まっていた。

わずかに痛むその部分が、まるで心の痛みを代弁しているようで悲しい。

「ほら、手を出せ」

言われた通り手を差し出すと、薄黄色い軟膏が彼の手で塗り広げられた。

「くすぐったい」

「自分でやるか？」

「料理してるから塗って」

二人でヤケドの部分だけを見つめて言葉をなくす。

何故《なぜ》か、その時木辺さんも何かの言葉を呑《の》み込んでいるように思えた。

そんなわけないのに。

「待っててね、今すぐ作るから」

手が離れると、俺は無理に明るく笑った。

「貴《たかし》」

「何？」

「どんなにしてもらっても、俺は書けないと思うぜ」

薬をしまいながら、彼はポツリと呟いた。

「書いてないわけじゃない。だが、書いたものを発表する気にならないんだ」

「どうして！」

「言っただろ、その気にならないんだ」

「でも、書いたんでしょ？　自分の気持ちを形にしたんでしょ？　そんなのもったいないよ。俺に読ませてよ。自信がないんなら、俺が読んで判断する。まだ編集としてはヒヨッコだけど、読んで面白いかどうかっていうのはプロが判断するものじゃないでしょ。俺みたいなドシロウトが読むものなんだから、才能のない俺こそが一番の読者としての正しい指標だと思うよ」

書いてるなら、俺に教えて、俺に見せて。そこにはきっと木辺さんの空白の二年間の気持ちが綴《つづ》ってあるはずだ。

そして、もしかしたら兄さんへの気持ちもあるかも…。

「ダメだ」

「どうして」

「…誰にも読ませない。読ませられない。お前が編集としてどうこう言うわけじゃない。お前はよくやってるし、書評も悪くないさ。ただ俺は…俺のはどっちかというと私小説だからな、みっともなくて他人に読ませられないんだ」

「みっともないことなんかないよ。何時《いつ》だって木辺さんはカッコイイ人じゃない。…兄さんと二人、いつだって俺の憧れだよ」

何時《いつ》だってその姿に惹《ひ》かれていたと言いそうになって、咄嗟《とっさ》に俺は言葉を替えた。

「何時だって前向きで、ちゃんとしてるじゃない」

「『ちゃんとしてる』か。何がちゃんとしてて、何がちゃんとしてないんだ？　昔の印税食いつぶして遊んでることは『ちゃんとしてる』のか？」

自嘲《じちょう》気味な言葉。

でも俺は騙《だま》されない。

「躓いてもクサらないいし、大変なことも『大変だ』って愚痴らない。今の生活だって、昔頑張ったからじゃない。俺は知ってるよ、原稿書く時に、一日二十四時間ずっとこもりっきりで食事もしないで書いてたことを。その引き換えに今休んで何が悪いの？」

俺の頭がもっとよかったら、もっと沢山の言葉で褒めてあげられるのに、上手《うま》い言葉が見つからない。

でも一生懸命にできるだけのことは口にした。

「学生時代だって、俺は知らなかったけどお母さん入院してて、お父さんもそっち行っちゃってて、一人でやってたんでしょ。俺、そんなの全然気づかなかった。木辺さんが気づかせなかった。ケガでアメリカ行きがダメになった時も、笑ってたじゃない。兄さんがいない間俺のところに来ても、いつも優しかったじゃない。そういうのが強いっていうんじゃないの？」

「笑うしかないから笑ってたのさ」

「違うよ、そんな冷めた笑いじゃなかった。強い笑いだった」

木辺さんは俺を見て、少し困ったように顔を歪《ゆが》めた。

「俺はそんなに強くないよ」

そしてやっぱり子供にするように、頭を撫《な》でてくれた。

いつもそう。

俺に対しては弟扱いしかしてくれない。せめて対等にしてくれれば、友人になれればと思うのに、一段格下。

兄さんとは何か仕事の話をしていたのに、俺には言ってくれない。仕事をする相手は俺なのに、兄さんと話したことすら隠してる。

「俺と仕事して欲しいっていうのは迷惑？」

頭にあった手はするりと落ちた。

「仕事か…。嫌じゃねぇよ」

「じゃあ…」

「でも小説は書かない。ま、そのうちエッセイでも…」

「違うよ。俺が欲しいのは『作品』だよ」

「作品は出せない」

「『書きたくない』じゃないよね？　『書かない』だよね？」

返事はなかった。

その代わりに、木辺さんは笑った。

「早いとこメシにしようぜ。その話はまた今度だ」

『これで終わり』とは言われなかった。

『二度とこの話をするな』とも言われなかった。

だから黙って引き下がる。

タイミングだ。

タイミングが合えば、何かきっかけがあれば、きっとまた書いてくれるはずだ。それだけを信じるしかない。

「ご飯、炊いてあるの？」

止めていたコンロに火を点《つ》けて再び鍋に向き直る。

「ああ」

「じゃ、向こうでテレビでも見てて」

「わかったよ」

その背後、カチリと音がして彼がまた新しいタバコに火を点けた。

ニコチンの匂いだけを残して気配が去る。

俺は間違ってない。

恋の代わりに原稿が欲しいんでもない。

いろんな気持ちがごちゃまぜになっているけれど、その一つ一つは別のものだってわかってる。

タマネギと薄切りの牛肉とスライスマッシュルームの入った鍋をぐるぐると掻き混ぜながら、何故だか泣きそうになるのを、ぐっと堪《こら》えた。

恋と仕事は別。

木辺さんへの気持ちと作家への憧れも別。

自分のことがままならないのと、兄さん達が仲がいいのも別なんだ。

この先どうなっても、俺はちゃんと自分のやるべきことを一つ一つ区別していかなきゃならない。

俺がこんなに好きなんだから仕事してとか、自分が木辺さんに認めてもらえないから認められてる兄さんが憎いとか、そんなバカな八つ当たりだけはしちゃいけない。

「ねえ、ついでにビール飲まない」

ルーを鍋の中に割り入れながら、わざと陽気に言った。

「何だか喉渇《のど》いちゃったよ」

子供に見られたくないなら、子供みたいな真似はしちゃいけないんだ。

「冷蔵庫に入ってるよ」

そうでないと、この気持ちすら子供じみたものに成り下がってしまう。

ずっと、ずっとあの人を好きだったこの気持ちまで。

「やっぱりちょっと煮込むから、待っててね」

ビールを出して座敷に運び、俺はにっこりと木辺さんに笑いかけた。

「すぐだから」

今キッチンで交わした会話なんて、全然気に病んでいない。また今度続きをするからね、という顔で。


スイミングクラブで練習をしていた木辺《きべ》さんが救急車で運ばれたと聞いて、俺《おれ》の心の中には二つの気持ちがあった。

大変だというのと、これで彼は外国に行かないのだというのと。

兄さんが補欠になっていると知っていた俺は、『複雑な顔してどうした?』と聞いて来る兄に、『これで兄さんがアメリカ行きだけど、ちょっと複雑』ってごまかさなければならないほど、動揺していた。

自分の残酷さと、彼への執着心に驚きながら。

見舞いには、一度も行かなかった。

会って、顔を見てしまうと『よかった』と言ってしまいそうだったから。

よかった、俺の手の届かないところへ行かなくてって。

でもそれが言ってはいけない一言だということくらいはわかる歳だったのだ。

兄さんがいなくなり、彼が退院し、一度だけふらりと遊びに来てくれた時、どんなに喜んだことだろう。

それが兄さんに言われてしたことだったとしても。

元気でよかった、また俺のところに来てくれてよかった。そして笑ってくれてよかった。

あの時の笑顔は決して『もうどうでもいいんだよ』という冷めたものなんかじゃなかった。

「ま、これはこれさ」

とあの時呟《つぶや》いたセリフそのものの顔だった。

強いんだ、と感じていた。

この人は、芯《しん》のところが強いんだ。

だから安心して甘えられた。日本に戻って来た兄さんを羨《うらや》むでもなく、普通に付き合いを復活させたこともそうだ。

彼の家庭環境を知った時もそうだ。

全然そのことを外に出さないでいられた強さに驚いた。

だから、彼が『書かない』と言うのも何かに対する強さの逆の表れのような気がしていた。

負けたんじゃない。

絶対それだけは信じてる。

俺が好きになったのは、優しいけれど弱くない人だ。

俺に何も話してくれなくても、嘘《うそ》をついたり逃げたりしない人なんだから。

けれど、いつまでもそんな己の信念だけにこだわって進めていられるわけではないのが仕事というものだ。

月末に近い木曜日。

朝編集部に顔を出した俺は編集長に呼ばれた。

「中澤《なかざわ》、ちょっと来い」

いかつい顔が紙の陰に隠れたまま手招きをする。

「何ですか」

何かミスでもしたかな、と思って慌《あわ》てて駆けつけた俺に、編集長はちょっと待てと手を振った。たった今、自分が呼んだのに。

手にしていたゲラ刷りの紙を横へ置き、何がどこにあるのか本人以外は絶対にわかるまいと思うデスクの上をガサガサとやる。

膨大な紙の中から彼が引っ張り出したのは、古い雑誌のゲラだった。

「小田垣誠一《おだがきせいいち》は知ってるな」

手渡された再生紙のゲラがまさにその小田垣誠一という作家のものだ。

「はい、今年の四月号に書いてもらった方ですよね。ちょっと官能っぽい恋愛小説を書く」

「読んだことあるか?」

「文庫に落ちたのを二冊くらい。あんまり好きじゃないですけど、上手《うま》いと思います。女性受けする人なんじゃないかな」

短い俺の感想を、編集長はうんうんと黙って頷《うなず》いて聞いていた。

「小田垣さんは比較的締め切りも守るし、クレームの少ないいい人だ。おっとりした中年紳士ってとこだな」

「はあ」

「実は年末の号から五回連載で原稿依頼することになった。本人のＯＫはもう取ってある」

それは何て言えばいいんだろう。

よかったって言えばいいのかな？

「内容チェックは俺が目を通してやるから、お前、小田垣さんに付け」

「は？」

「何間の抜けた顔してやがる。お前が小田垣先生の担当になれって言ってんだよ」

驚いて、思わず俺は大きな声を上げた。

「俺がですか？　だって、俺はまだ入社して一年も経ってないんですよ！」

だがそんな反応は予測済みだったらしい。

編集長はデスクの引き出しに手を突っ込み、一枚の名刺を取り出した。

「小田垣さんには新人の担当を付けてもいいかってもう確認してる。時間にルーズな人間じゃなけりゃいいとさ」

「でも…」

「いつまでもお前を雑用で遊ばせとくほどここは暇じゃないんだ。小田垣さんやってみて、失敗がなけりゃ他の人も付けてやる。ほら、こいつが小田垣さんの名刺だ。写したら返せよ」

「でも編集長」

渡されるままに名刺を受け取りながら、反論しようとした。

初めての担当作家。

それは嬉《うれ》しい。

この出版社の他の部署ではもっと早くに担当作家を持つ編集は多い。けれど自分が未熟なのか、対象年齢がさして低くない雑誌のせいか、代理はやらされても『俺の』という担当が貰《もら》えないのは寂しかった。

けれどここまで来てしまえば、自分の最初の担当作家は『誰でもいい』から『あの人がいい』に変わっていたのだ。

「俺は今木辺さんの交渉中で」

「それはそれでやりゃあいいだろ。っていうか、そっちはどうなんだ?」

ヤブを突ついて蛇を出すってのはこのことだった。

未だ進展ナシとは言えないから、なるべくその話題には触れられないようにと思ってたのに。

「やっこさん、まだ小説書けそうだったのか?」

「そりゃ書けますよ」

「本人がそう言ったか?」

一瞬、俺は気圧《けお》されたように黙ってしまった。

「言いました」

嘘ではない。

『書いてないわけじゃない。だが、書いたものを発表する気にならないんだ』

と彼は言ったじゃないか。

原稿を見たわけではないけれど、それは絶対に嘘ではない。

「書いてるけど、発表する気にならないだけだそうです」

「どうして？」

「それは…、わかりません」

編集長はなんだという顔をした。

「でも、わからないから口説いてるんじゃないですか」

「中澤、お前木辺のファンか？」

「…はい」

その返事も編集として言ってはいけないことだった。だがそこだけは嘘がつけなくて、だめだとわかっていながら頷いてしまった。

編集長はまばらに不精髭《ぶしょうひげ》の残る顎《あご》をさすりながら叱《しか》るでもなく、怒るでもなく言った。

「そういうのは目が曇るもんだ。夢や理想を持ってても、人間ってのはいつの間にか変わっちまう。昔は確かにやっこさんもいいものを書いてた。ナイーブな人間臭いものを。だが今もそうだとは限らないんだぞ。才能ってのは枯渇《こかつ》するんだ」

「木辺さんは違います」

「その思い込みはどこから来る？　今書いてるもんを少しでも見たのか？　ヤツが原稿にかける情熱ってやつでも感じたのか？」

最後の言葉は揶揄《やゆ》だろう。

だが俺はそれを逆手に取った。

「感じました。生半可なものじゃ外に出さないって気持ちがあるから『発表はできない』って言ったんです。どうでもいいって思ってたら、新しい仕事は渡りに舟とばかりに受けたでしょ？　作品に責任感があるから断ってるんじゃないですか」

俺と編集長の長いやりとりに、部内にいた何人かがこちらをちらちらと見ていた。

きっとみんなが思ってるだろう、望みが薄いなら次の仕事をすればいいじゃないか。小田垣さんに不満でもあるのか、と。

それでも俺は突っ張った。

「可能性は絶対あります。このまま続けさせてください」

編集長はやっぱり顎をさすりながら、諦《あきら》めたように軽くため息をついた。

「そんなに言うなら、木辺さんのことはもう少し待ってやるが、小田垣先生の担当もやってもらうからな。来週真鍋《まなべ》と一緒に先生のとこに面通しに行って来い」

それが精一杯の譲歩だという顔だった。

「返事は？」

「わかりました」

「行く前に小田垣さんの本、もう少し読んどけよ」

戻ってよし、と言うように編集長はさっき横へ退《ど》けた大きな紙を取って俺から視線を外した。

これはもう猶予がないってことだ。

兄貴が友人なら簡単に交渉できると思っていたのに、てこずるなら他の人間にやらせても一緒。むしろ別に今すぐ欲しいものでもないから止《や》めてもいいと思われてしまっているのだろう。

俺だって、一人担当が付けばどんどん忙しくなるのはわかりきっている。

帰りがけに彼のところへ寄ることすらできなくなってしまうかも知れない。

目を落とした名刺の住所は都内ではない。原稿取りとか、張り付きとかになったら、家へ戻れないこともあるかも知れない。

暗いことばかり考えてもしょうがないが、今までより明るくなくなったことは確かだろう。

もっと、自分に力があればよかったのに。編集長に無理を通せる強さや、木辺さんに願いを叶えてもらえる強さがあれば…。

けれど俺にはそんな力も信頼もないから、望みを叶えられないのだ。

そして、俺のピンチは別の方向からもやって来たのだった。


「貴《たかし》、ちょっと来なさい」

家へ戻るなり、俺は玄関先に立ちはだかる兄さんに呼ばれた。

本日二度目の呼び出し。

まるで校則破りの生徒みたいだ。風紀に呼ばれ、担任に呼ばれっていう。

「何?」

だって兄さんの声の雰囲気には明らかにあまりヨロコバシクない響きがあったのだ。

今日は比較的早かったから、これから着替えて木辺さんのところに行こうと思っていたのに、
これではきっと行くことは叶わないだろう。

「込み入った話になるかも知れないから上へ行こう。腹は減ってる?」

「…ううん、特には」

「じゃあ部屋でコーヒーでも淹《い》れてやるよ」

兄さんは先に立って階段を上り、振り返ることもなく奥の自分の部屋へ入って行った。

何か、有無を言わせぬ雰囲気。

俺、何か兄さんを怒らせるようなことしただろうか？

ここのところ、木辺さんの話以外はしていないし、それだって二言三言程度だ。じっくり話し込んで、ということではない。

「着替えてからそっち行くよ」

「じゃあその間にコーヒー淹れといてやろう。ミルク入りだったな」

「うん、砂糖は自分で入れる」

いやだな。

何だかドキドキする。悪戯《いたずら》したわけでもないのに教師に呼び出されるだけで不安になる子供の心境。

…どこまで行っても自分の立場って子供なんだな。

俺は部屋へ戻るとパジャマ代わりのTシャツとパンツに穿《は》き替え、すぐに兄さんの部屋のドアを開けた。

同じような部屋なのに、兄さんの部屋はまるで小さな事務所のように整然としていて生活感が薄い。

イタリア製だという小さなローソファのセットにパソコンデスク、テーブルの上には電気ポットが据《す》えられ、入った時には丁度コーヒーを淹れている最中だった。

「座りなさい」

インスタントのコーヒーだけど、わざわざドリップさせるヤツだから、部屋中にいい香りが広がる。

木辺さんと違い嫌煙家な兄だから、そういうことに凝るのかも知れない。

「はい、どうぞ」

他人行儀にカップを差し出され、益々居心地が悪くなる。

神妙な顔で砂糖を入れ、一口だけ口を付けると話は始まった。

「仕事の方どうなんだ?」

「どうって?」

「忙しいのか?」

「うん、まあまあ」

「まだ木辺のとこ、行ってるんだろう」

疑問形ではなかった。

知ってるぞ、という言い方だ。

「うん。書いて欲しいから」

兄さんはブラックのコーヒーに手を伸ばしながら、カップを持とうとせず、指先で縁をくるりとなぞった。

「木辺は原稿、書かないって言ってただろう」

やっぱり知ってるのか。

「でも書いてないわけじゃないって」

「発表できないって言ってるんじゃないのか？」

「できないっていうか、しないって…」

これも断定的だな。

「兄さんだって応援するでしょう？　木辺さんが新作書いたらそれをテレビの企画に持ってったら？　単発のドラマ受けたって木辺さんが言ってたよ」

賛同を促《うなが》すための言葉だったのだが、兄は顔をしかめた。

「お前、どうして木辺の原稿が欲しいんだ？」

メガネの中から探るような視線。

「どうしてって？」

「何のためにあいつの原稿が欲しいのかって聞いてるんだ」

「そりゃ、本にするために…」

「何故？」

「何故って？　言ってる意味がわかんないよ」

「もし俺のためにやってるんなら、止めなさい。木辺に失礼だから」

突然の言葉に、俺は驚きを隠せなかった。

「俺が？　兄さんのため？　何言ってるの？」

「今お前が言っただろう、木辺の新作でドラマのシナリオを書いたらどうかって」

「それはたとえ話じゃないか。俺は兄さんに木辺さんを利用しろなんて言ってない。ただ二人が友達だから、そういうのがあればいいんじゃないかって言っただけだよ」

「本当に？」

「当たり前だろ。俺は木辺さんと兄さんを一緒になんかしないよ」

「じゃあどうしてあいつの原稿をそんなに欲しがるんだ」

「それはあの人の作品が読みたいからだよ。木辺さんの書く話は面白いって、昔っから言ってるじゃない」

「もちろん自分の仕事のためにあいつを利用する気もないんだな？」

「怒るよ！　そんなことするわけないだろ。俺は木辺さんが…」

好きなんだから。踏み台にするような真似、するわけがない。

「…あの人の作品が好きだからまた書いて欲しいんだ。それをみんなに読ませたい。俺がこの仕事を選んだのは、彼にもう一度書いて欲しいからだよ」

ハッとして、俺は兄さんの顔を見た。

「…まさかと思うけど、俺が編集の仕事を選んだの、兄さんや木辺さんの力を借りようとしてと思ってるんじゃないだろうね」

「そんなこと思わないよ」

と言ったけれど、兄さんは視線を外し、指でメガネを持ち上げた。

「俺、そんなこと絶対思わないからね。俺は俺だよ」

「わかってるよ」

悔しい。

確かに自分は二人よりも才能がない。これといった特技があるわけでもない。

けれど自分以外の力で、自分をどうこうしようなんてことだけは考えない。

いつだって、線引きはちゃんとしていたのに。

「貴、本当にそんなことは疑ってないよ。お前はちゃんと自分の足で立ってる。今までだって俺に『助けて』って言って来たことはないだろう？　ただ俺が心配してたのは別のことだ」

鼻が痛くなって、泣きそうになったから、俺はカフェオレになったコーヒーをグイッと飲んだ。

「お前が木辺のことで、俺のことを考えてるんじゃないかと思ってたのさ」

「兄さんのこと？」

木辺さんと兄さんの仲を疑ったって思ってるのだろうか。

顔を上げて正面から見つめると、今度は目を合わせてくれた兄は優しく微笑《ほほえ》んだ。

「お前、子供の頃から俺にくっついてばかりだっただろう？　お兄ちゃんっ子で」

「そんな昔の話…」

「でも実際そうだった。木辺が、事故でアメリカに行けなくなった時も、俺が代わりに行くことを喜んでくれただろう」

それは違う。

兄さんが行くことが嬉しかったんじゃない。木辺さんがいなくならないことが嬉しかったのだ。

「それに、あいつのデビューした時も、今と同じことを言ってた。俺があいつの小説でシナリオをやったらどうかって」

単に友人だから、一緒に仕事をしたらどうかってつもりだけだ。深い意味なぞない。

「だから、今回のことも俺のシナリオにあいつの名前を借りろって思ってるのかと。それだけは少し疑ったよ」

「今は？」

兄さんは肘《ひじ》を開いて手を床に付くと、ガバッと頭を下げた。

「すまなかった。俺が悪かったよ。貴が兄想いだってことを変なふうに誤解した。許してくれ」

「もう疑ってない？」

「ああ」

俺はすん、と鼻を鳴らした。

「じゃ、もういいよ。兄さんに頭下げられるのって変な感じだから、顔上げてよ」

その時、俺はふっと思い出した。

夜中、階段下で電話をしていた兄さんの言葉。確か、仕事の手柄とか何とか言ってなかったか？

じゃああれは俺のことだったのかな。

「ま、そのことはこれでお仕舞いってことで、もう一つ」

「まだあるの？」

「これが真打ちだ。お前、もう木辺のところに行くの止めなさい」

「な…っ！」

さらりと笑顔で言うけれど、それは今の話以上に俺にはショックなセリフだった。

「何でさ、どうして俺が木辺さんのとこ行っちゃダメなの！」

「理由は簡単だよ。あいつはたとえ原稿を書いても発表しない。だからいくら口説いてもムダ。だとしたらいつまでもしつこくあいつの家に行くのには反対するってだけだ。しかも毎日夜遅くに行ってるらしいじゃないか」

「だって、それは仕事が終わってから行くから」

「正式な仕事だったら昼間に行けばいいだろう？　夜遅くに訪ねるっていうのは、正式な仕事として会社に認められてないんじゃないか？」

痛いところを突いて来る。

「編集長の許可は出たって言っただろ。嘘はついてないよ」

「嘘はついてないだろう。お前は嘘はつかない子だ。でもな、夜に行くのはもう止めなさい」

「でも友人として行くんならいいだろ」

「友人としてでも、だよ。仕事でも、プライベートでも、夜中に人の家を訪ねるのは失礼なことだろ？」

「兄さんだって、夜中に遊びに行くじゃないか」

「俺はオトナだからね」

「俺がいくつだと思ってるの？　まさか二十三の俺を子供だって言うの？　仕事だってちゃんとしてる社会人なんだよ？」

「歳の問題じゃない、中身の問題だ」

「何だよ、それ」

「とにかく、もう木辺にまとわりつくのは止めなさい。お前にはお前の友人がいるだろ。あれは兄さんの友人だ」

大した意味はなかったのかも知れない。

でもまるで彼は俺の物だと宣言されたようで、胸が痛んだ。

「とにかく、お前が木辺のとこへ行くのは昼間に限定する。仕事だって言うなら、それくらいのこと認めさせろ」

「横暴だ」

「正論だよ」

にっこり笑って言うところを見ると他意はないと思うのだけど、絶対に納得できない。

「お兄ちゃんはね、お前が可愛《かわい》くて仕方ない。貴には礼儀正しい社会人になってもらいたいから言うんだよ」

「今だって礼儀正しい社会人だよ」

「とにかく、俺の言うことに間違いはないから、言うことを聞きなさい」

兄さんはそれだけ言うと、やっと自分のコーヒーに口を付けた。

「さ、もう話は終わりだ。もう一杯コーヒー飲むか？」

「いらない」

まだ少しカップの底に乳褐色のコーヒーを残しながら、俺は立ち上がった。

「貴」

「何？」

「困ったことがあったら何時《いつ》でも相談して来るんだよ。お前は俺の可愛い弟なんだから」

困っても、絶対電話なんかするものか。そうしたらきっと、いつまでも俺のことを保護者の手が必要な子供のように扱うクセに。

「オヤスミ」

少しだけ反抗心を露《あらわ》にし、俺は音高くドアを閉めると自室へ向かった。

「何だよ、二人とも。俺はもう大人だっていうのに」

どこか遠くであの時の夕暮れの鐘の音が聞こえる。

小さかった頃、俺を置いて二人だけでいなくなってしまう合図の音が。

立派な社会人になったのに、俺はまだあの二人に置いていかれるのだろうか。

『お前は家に帰れよ』

と言われ俺のわからない会話をしながら道の向こうに消えてゆく二人の背中を見送らなくてはならないのだろうか。

こんなに時間が経ったのに。こんなに大きくなったのに。二人には全然認めてもらえないのだ。

「くそっ…」

部屋に入るなりベッドに突っ伏し、俺は枕を殴りつけた。

悔しくて、悲しくて、寂しくて。


翌日、言うことを聞いたわけじゃないけれど、打ち合わせが長引いてまっすぐに家に戻った俺を兄さんはリビングで待っていた。

いや、正確には待っていたかどうかはわからないけれど、俺が戻ったのを確認するかのようにしてからでかけて行った。

自分は夜遊びするくせに、と言っても仕事だと笑うだけ。

言うこと聞いたわけじゃないよ、と言っても貴はお兄ちゃんのこと好きだもんなと頭を撫《な》でられた。

どうとでも思えばいいさ。

今日行かないだけで、明日は絶対行くんだから。

ちゃんと知ってるんだ。

兄さんが母さんに土日は泊まりがけでかけるからって言ってたのを聞いてたんだから。

だから土曜日。

俺はどうしても抜けられない仕事だけを片付けに編集部に顔を出した後、夕方になってから直接木辺さんの家へ向かった。

駅から歩く道すがら、丁度夕暮れを告げる教会の鐘の音が聞こえた。

現実の空気を震わせて鳴る鐘。

今時の子供達はこれから塾だ何だとまだ活動中だから、それで足を早める者はほとんどいないが、心の中で小さな俺は空を見上げて泣きそうだった。

行ってしまう。

行ってしまう。

自分の大好きな人が連れ立って行ってしまう。俺を、俺だけを置いて。

だがそれは心の中でのできごとだ。現実にいる俺は二本の足でしっかり立って、木辺さんの家に向かっているのだ。

頭を振ってそんな妄想を消し、再び彼の家を目指した。

空が朱と菫《すみれ》と藍《あい》の三色に染め分けられる時間が過ぎ、宵闇《よいやみ》が街灯の明かりを点《つ》けてまわる頃、俺はいつものように木辺さんの家のドアを開けた。

「こんばんはー」

勝手知ったるで入ってゆく家の中。

「中にいるのが木辺さんだけだとしても、これって不用心だよな」

と言いながら居間に入ろうとして足を止めた。部屋が真っ暗だったからだ。

目を凝らしてみると、木辺さんはその真っ暗な座敷の片隅に横たわっていた。

『不用心』とたった今自分が口に出したところだったから、慌てて駆け寄る。

けれど当の本人は安らかな寝息を立てているだけだった。

きっと、日が暮れる前からこの状態だったのだろう。

「…びっくりしたなあ」

よっぽど深く寝入っているのか、俺が傍らに座り込んでも微動だにしない。

廊下を抜けて差し込んで来る玄関先の明かりだけが、彼の横顔をくっきりとした陰影で縁取っていた。

思っていたよりも長い睫毛《まつげ》、引き結んだ薄い唇。だまって睨《にら》まれたらおっかないと思ってしまう鋭い目は今は瞼《まぶた》の下だ。

「木辺さん」

俺は小さな声で名前を呼んだ。

「木辺さん」

自分の右手を腕枕に眠る頬《ほお》に触れる。

剃《そ》り残した短い髭のチリチリした感じが手のひらに当たる。

指は輪郭《りんかく》を辿《たど》り、唇に触れた。

彼は、この唇で誰かとキスしたことがあるんだろうか。

こんなにハンサムなこの歳の男だもの、それはあるだろう。作家として持て囃《はや》された時だってあるのだし。

そう思うと嫉妬《しっと》の炎が胸を灼《や》いた。

自分だって、この唇に指ではないところで触れたい。

憧れから好きへ、好きから愛《いと》しさへ。気持ちが変わるごとに望むものも変わっていく。

側にいてくれるだけでよかった頃から、優しくして欲しい、自分だけを見て欲しい、触れて欲しいへ。そして…その腕の中に置いて欲しいと思うまでになった。

それが伝えられないのがもどかしい。

「ん…、くすぐってぇ…」

俺が触れていた唇を強く擦《こす》りながら、木辺さんは目を開けた。

慌てて手を引っ込め、すいっと身体を離した。

「誰だ！」

暗がりの中で、俺が誰だかわからなかったのか、木辺さんは下がった俺の足を摑《つか》んだ。

そんな場所を触れられると思っていなかったことと、力の強さにドキリとする。

「待って、木辺さん。俺、俺だよ、貴」

「貴？」

目を細め、彼が俺を見る。

「何で？」

「何でって酷《ひど》いな、夕飯一緒に食べに来たんだよ」

彼は立ち上がり、天井から下がる電灯の紐《ひも》を引っ張った。

途端、部屋は光に包まれ、揃《そろ》って眩《まぶ》しさに目を瞬かせた。

「もう来ないんじゃなかったのか?」

「どうしてそんなこと…兄さんが言ったんだね!」

酷い。

どうしてそんなこと、わざわざ木辺さんに。

「別に…」

「ごまかしたって、他に言う人いないんだから、すぐわかるんだよ」

木辺さんは振り向き、軽く嘆息した。

「ああ、そうだ。至《たもつ》が言った。もうお前は日が暮れてからウチに来ることはないだろうってな」

「…木辺さん、俺が来るの困る? 失礼だと思う? そうじゃないなら、俺は来るよ」

木辺さんは立ったまま俺を見下ろした。

「…困るな」

「え?」

「昼間だったらいいけど、夜は困るな」

「どうして!」

「夜は…一人でいる方がいいかなって思ってたんだ」

「それ…ひょっとして兄さんに言った?」

「少し相談した」

「何で俺に直接言ってくれなかったのさ! 迷惑だったら迷惑だって言ってくれれば…!」

「迷惑なわけじゃねぇよ」

彼は座って、テーブルの上に置いてあるタバコを引き寄せ、一服点けた。

自分も兄も、家では父も吸わないから、タバコの煙の匂いは彼の匂いのようで胸が詰まる。

「…でも困るんでしょ」

「迷惑って意味じゃない」

「じゃ、どういう意味?」

「それは…」

言葉をごまかすために、彼が深く煙を吸い込む。ふかしているのとは違う薄い煙が唇から零《こぼ》れるように吐き出された。

「俺が原稿をせっつくのも迷惑なの?」

木辺さんはまた答えなかった。

「ハッキリ言ってよ」

膝詰《ひざづ》めで近寄り、タバコを持つ手の肘に触れると彼の手がピクリと動き、目が合う。

「木辺さん」

「言っただろ、俺の原稿はもう外には出さない。書くのは雑文程度だ。俺をせっついてもいいことなんかないぜ」

その言葉を聞いた瞬間、一昨日《おととい》の兄さんのセリフがフラッシュバックした。

「まさか、木辺さんまで俺が自分の仕事のためにここへ来てると思ってるんじゃないだろうね」

あれは兄さんだけの考えじゃなく、二人で話し合ったのか。そうだよ、電話で話してたんだからあれは二人の考えだったんだ。

「違うのか？」

その言葉に、俺はカッとなった。

「絶対に違う！　俺がここへ来るのは木辺さんが好きだからだよっ！」

そしてつい、言葉を滑らせてしまった。

ハッとしたが、酷いことに彼はそれを聞き流した。

「それは嘘だな」

せっかく失言をごまかそうとしたのに、その一言でまた俺はキレた。

「何でそんなことが言えるんだよ、俺の気持ちじゃないか」

「言葉に出さなくても態度でわかる。俺を好きでもないのに仕事だからってここへ来てるんだろう」

「何でさ、そんなわけないだろ！　木辺さんの原稿取って俺にどんな手柄があると思ってんの？　記者じゃないんだよ、たった一人の作家を連れて来て局長賞が出るわけでもないし、給料が上がるわけでもない」

「だが至のためにはなる」

「…それって、俺が兄さんのシナリオのためにってこと？」

怒りに声が震えた。

一体何で、二人のうちどっちが言い出したんだ。

「才能があっても所詮至はまだ若い。のし上がるためにはそれなりの話題があった方がいいだろう」

「それは俺に対しても兄さんに対しても失礼だよ」

「憶測ならな」

「憶測以外の何だっていうの」

木辺さんはヤケになったように目を伏せるとまくし立てた。

「お前、俺のことを子供の頃から嫌いだろう。少なくとも好きじゃない。お前が好きなのは兄貴の至だろう。俺は至のためにお前に利用されるのは嫌だって言ってんだよ」

怒りで身体がわなないた。

何だってそんなことを、木辺さんから言われなきゃならないんだ。子供の頃からずっと好きだったのに、子供の頃からずっと好きじゃなかったたって？

「俺は木辺さんが好きだよ。兄さんより好きだ」

「嘘だ」

ムカつく。

腹が立って、気持ちが悪くなりそうだ。

「兄さんが…、一昨日同じようなこと言ったよ。俺が兄さんのためにここへ来てるんじゃないかって言ってた。俺が兄さんを好きだからって。それ、木辺さんが吹き込んだの…？」

「吹き込んだんじゃない、相談したんだ」

「俺に利用されそうで迷惑だって？」

「…そういう言い方じゃない」

「どう言い繕ったたって一緒だよ。酷い…、酷い！」

俺は手近にあった座布団を摑むと、それを木辺さんに打ちつけた。

「痛っ」

火の点いたままのタバコがテーブルの上に転がり、彼は慌てたがそんなのどうでもよかった。ずっと胸に秘めてた気持ちを木っ端みじんに否定された俺の方が痛いし、大変なことなんだから。

続けて座布団に手を伸ばして打ちつける。素手で殴りかからないのがせめてもの心遣いだった。

「だって、お前俺がケガをした時よかったって言ったんだろ！」

「何が！」

まるで痴話ゲンカみたいだと思いながらも手が止まらない。木辺さんは拾ったタバコを灰皿へ投げ込み、座布団を持つ俺の腕を捕らえてその場へ組み敷いた。

「お前、至に言ったんだろ。『兄さんアメリカへ行けてよかったね』って、あいつが言ってたんだ。子供ってのは残酷だってな」

正座してたから、膝を折ったまま上半身だけ仰向けになる。その上から彼はのしかかり、俺を覗《のぞ》き込む。

「それは…」

「その上お前は俺が投稿しようかどうしようか悩んでる時も、その後仕事をしてる時も、ことあるごとに至と一緒に仕事したらどうかって言い続けてただろ」

「だって…二人は友達じゃないか、そんなの普通に言うことだよ」

その顔は真剣で、怖かった。

「俺が近づくたびに全身を緊張させて追い払うのはどういうわけだ」

「う…」

「もういいんだ。嘘を吐かれてまで側にいられる方が辛《つら》い」

「嘘なんか吐いてない！　俺は木辺さんが好きなんだ！　本当なんだから！」

それを聞いて、木辺さんは更に怒ったようにグッと俺の服の襟《えり》を掴み持ち上げた。

「俺だって好きだよ！　だから我慢できねぇんだ。そんなふうにおためごかしに色々言われんのが。嫌いなら嫌いでいい、利用するならすりゃいい。だが好きでもないのに好きだと言ってチョロチョロされるのはもう限界なんだ！」

ぽかん、と口を開けたまま、俺は目の前にある木辺さんの顔を見つめた。

「これでわかっただろ、至が夜一人でここへ来るなって言ったわけが」

わからない…。

「あいつは俺がお前を襲うと思ってんだよ」

全然わからない。

「アメリカから戻って来たあいつに俺が言っちまったからな。それ以来頭は上がらなくなるわ、文句は言われるわ…」

わかったような気になるけれど、それは間違ってるような気がする。自分に都合のいいように解釈してるだけで、事実を歪《ゆが》めてるんだと。

そうでなければ、木辺さんがずっと昔から俺のことが好きだったって言ってることになるじゃないか。

アメリカから戻ってから、二人の力関係が微妙になったことも、兄さんが俺に木辺さんに近づくなって言ったことも、確かに今ので説明はつく。つくけれど…。

「さあ、これでいいだろう。もう帰れ。二度とここへは来るなよ」

木辺さんは摑んでいた襟を離し、俺を解き放った。その手一つで持ち上げられていた俺がしたたか畳に頭を打ちつける。

「痛っ」

と、同時に足を押さえるように座っていた木辺さんの身体が離れた。

「仕事の話もナシだ。じゃあな」

背中を向けられ、言葉が途切れる。

冗談じゃない。

信じられないけど、もし信じていいなら、自分がずっと思っていた相手と相思相愛だってわかった瞬間に謂《いわ》れもなくフラレるなんて。

俺は起き上がり猛然と反論した。

「俺の気持ちはどうなるんだよ。俺はずっと木辺さんのことが好きだったのに、信じてもらえないわ、出入り禁止にされるわで、帰れると思ってるの？」

彼を乗せていた足が痺《しび》れているが、かまわず彼に詰め寄った。

「だからもうそんなことは…」

「だからじゃないっ！」

俺は自分から言い出せないくらい臆病だけど、手に入る千載一遇のチャンスを逃すほどではない。

どこかでさよならを告げる鐘が鳴っても、もう俺は帰らない。

二人が自分だけを置いてどこかへ行ってしまうなら、どこまでも追って行ける歳なんだから。

それだけの強い気持ちがあるのだから。

「ずっと子供の頃から好きだったのは俺の方なんだから。木辺さんが兄さんの方を好きなんじゃないかって悩んだり、俺のことなんかどうせ弟にしか見てくれないんだって拗《す》ねたりしてたんだ。俺があなたがケガした時に兄さんに『よかったね』って言ったのは、俺の大好きな人が外国に行かないでよかったってことを隠すためだし、一々兄さんの名前を口にしてたのは、本当に二人が友達だから一緒にやればいいって思ってただけだ。そりゃ、ちょっとくらい俺のためって言うより兄さんのためって言った方が木辺さんが動くんじゃないかって思ってたけど」

行かないで。

「木辺さんが側にいると緊張するのは当然でしょ、好きな人に密着されて気にならないヤツがいるもんか。俺だってもう子供じゃないんだから、好きな人に張りつかれれば、反応しちゃうんだよ、だから慌てたに決まってるじゃないか」

もう置いて行かないで。

「へえ、じゃあ俺がこうしたらどうすんだ」

ぐっと顔を近づけて俺の腰に腕を回す。

誰が嫌がるものか。

その回した腕がどれだけ嬉しいことか教えてやるよ。

「こうするよっ！」

俺はそのまま顔を突き出して、彼の唇に自分の唇を打ちつけた。

柔らかくて硬い感触。

いつかしてみたいと願ったばかりのキスを、こんなに強引に自分から仕掛けるなんて思ってもみなかった。

でももう離せない。

チャンスの神様には後ろ髪はないって知っている。もしここで怯《ひる》んだら、この人は一生俺の言葉なんか信じてくれないだろう。

「どう？　嫌いな人に、ううん、好きでもない人にこんなことできると思う？」

唇を離した後、俺は真っ赤になりながら彼に聞いた。

「俺が好きなのか…？」

彼の手が俺の頭に載せられた。

でも頭を撫でるわけじゃない、前髪を掻《か》き上げるようにしてホールドするためだ。

「好きだよ。信じてくれるまで、何度だって言ってやる。俺がこの仕事を選んだのだって、木辺さんと一緒に仕事がしたかったからだ。もう一度書いて欲しいって純粋に思ったからなんだ」

彼の目、俺だけが映っている。

他の誰でもない、兄さんでもない。俺だけが。

「ここでそんなこと言ったの、後悔しても知らないぞ」

「後悔するのは、もっと最初っから全部話しておけばよかったってことだけだよ」

そして俺の目に映るのも彼だけ。

「そいつは…正解だ」

子供の頃から『そうなりたい』と願った状況に、やっと今手が届く気がした。

「俺を好きなら、子供扱いしないで。ここで帰れって言わないでよ…」

見つめ合った目の中には『子供』はいない。『お兄さんのような人』もいない。

「至に殺されるな…」

いるのはただ『大好きな人』だけだ。

「いいよ、俺が守ってあげる」

彼の呟きが、高すぎると思っていた望みの叶う合図だった。

ずっと追いかけていた人と『恋人』になりたいという、叶うはずのない夢が現実になる瞬間だった…。


「初めて至にお前を紹介された時、俺を見上げる真っ黒い目が気に入った」

木辺さんの声が、耳元で静かに教える。

「まるで柴犬《しばいぬ》の子供みたいで、いいなあと思ったよ」

その声は相変わらず俺にとっては心地よい。

「そのうち、どんな時もまっすぐに進んで、どんなことでも全力で頑張る姿に惹《ひ》かれ、可愛さが愛しさに変わった」

そして今はその声の近さに胸が騒ぐ。

「何度もこうしたいと思って、何度も自分の浅ましさを戒め、何度も至に止められた。近くにいて、弟のように可愛がるだけにしてくれと言われるたび、それだけじゃ我慢できねぇんだと心の中でイラついた」

吐息がかかるほど、今彼は自分の側にいるのだ。そう思うだけで指先まで甘く痺れた。

「好きだった。無防備に俺にまとわりつく子供を。抱き締めて大人にしてやりたいほど、好きだった。そして今でも、だ」

彼だけをずっと追っていたから、俺にとってはさっきの頭突きがファーストキスだ。

この歳で恥ずかしいことかも知れないけど、他の誰とも経験はなかったのだ。

それでも、何だってやっちゃえばどうにかなるもんだ。

ゆっくりと触れる唇が、深く重なり始めると差し込まれる彼の舌をどうすればいいのか、身体が勝手に反応していた。

正座したままで倒れると辛い体勢になるってさっきわかっていたから、軽く押し倒されると同時に足を伸ばす。

痺れていた足はそれで余計にじんじんしたが、だからちょっと待ってと言う気にはなれなかった。

今ここで『止めて』という言葉を口にしたら、彼が引くと思ったのだ。

俺を好きだと思ってくれてたのに、側に寄るたび身体を硬くする俺に『どうしてそうなるんだ』と聞くことすらできなかった人だったから。

信じられないような事実は、信じていい現実だった。

木辺さんは押し倒した俺を髪を撫でつけるように押さえつけキスをしている。

速まる胸の鼓動も、熱い舌も、現実なのだ。

「昼間なら、もう少し理性的なんだが…」

「俺は昼間でも理性的でいられないよ、こんなことしたら」

「誘ってるな」

「誘ってなんかない。…ううん、誘ってるのかな？　続けて欲しいって思ってるから」

「この先、何されるかわかってて言ってんのか？」

「子供扱いしないでって言ったでしょ。そりゃ経験はゼロだけど、想像できないわけじゃないんだから」

木辺さんは俺を見てちょっと驚いた顔をした。

「女も?」

ああ、それでか。

「うん」

正直に答えると、彼は少し困った顔でバリバリと頭を掻き、身体を離した。

「止めないで」

慌ててそう言うと、彼が振り向いてボソッと呟く。

「止めらんねぇよ」

けれど彼は一旦俺から離れ何かを探しているふうだった。

そして何かを手の中に握り、再び戻って来ると電気の紐を引っ張り、闇を呼び寄せた。

本当だね、兄さん。俺より彼のが『乙女』みたいだ。俺は別に明かりが点いてても大丈夫なのに。

再び身体を乗せて来た彼が、口づける。

完全な暗闇じゃなく、全てを暗色のオレンジに染める豆灯の明かりの中、彼の顔には深い影が落ちる。

長い指がシャツを捲るのを、キスしながら感じていた。

胸はドキドキして、ジェットコースターが上って行くような感じ。

慣れた手は探ることもせずまっすぐに胸に辿り着き、弄《いじ》り始める。

ただそれだけのことなのに、身体が震えるほど感じてしまう。

手が動くたび、シャツが捲れ、腹が露になるとキスが離れた。

無言のまま、唇がその腹に移動し、柔らかい感触がチクチクした刺激を与えながら下へ移動して行く。

その頃になると、内側から迫《せ》り上がって来るものが呼吸を荒くして、俺は声を上げた。

「…ん…」

木辺さんの手がズボンにかかり、さらにその中に入り込む。

その途端、俺は飛び上がった。

「うっ」

みっともなくも、さっきの足の痺れのせいだ。

「や…」

止めて、と言いかけた言葉を止める。

我慢しないと、これが最初で最後のチャンスなんだから。

けれど痺れた足と、指のくれる純粋な快感が相俟《あいま》って、俺はびくびくと身体を震わせるばかりだった。

「あ…」

服を脱がされるだけでも、畳の上で少し体勢を入れ替えるだけでも、ビリビリとしたものが二重の波になって全身を駆け巡る。

「あ…」

俺はそれに堪えるために、必死で木辺さんにしがみついた。

「んっ…い…」

舌が肌を滑る。

指が形をなぞる。

感覚が全て彼だけに集中してしまう。

「貴」

木辺さんの低い声が俺の名を呼んだ。

「逃げるなよ」

今更そんなことするわけないのに、そう言った。

手は俺を自由に扱い、剝《む》き出しになった腰骨を摑む。

彼の手がさっき握り締めて来た何かを取るためにテーブルに伸び、身体が起きる。

薄暗がりの中、そそり立つように俺を見下ろす瞳がちかっと僅《わず》かな光を反射した。

それからもう一度指が下肢《かし》に伸び、二本の足の間に入り込む。

「あ…っ！」

冷たいような感覚があって、彼の指が触れたところがスースーした。

「や…、何…？」

答えはなかったけれど、鼻に届いた匂いでわかった。これはこの間俺がヤケドをした時に塗られた軟膏《なんこう》だ。

それが丁寧に指で後ろに塗りつけられている。

薬を得た肌はスーッとして変な感じだ。

けれどそれよりも変なのは、それを塗り付けている指が探るように中心を押した時だった。

「ん…」

そこが敏感だなんて思ったこともなかった。

「や…」

でも再び身体を添わせた彼の服に擦れる部分よりも、薬を塗りながらつい手が滑ったかのように爪《つめ》の先を差し入れられる場所の方が奇妙で、感じてしまう。

「き…」

ほんの少しだけ入って、また出てゆく。出ていって周囲を弄っていたかと思うとするりと中へ入る。

そんなことが繰り返されるうちに、更に俺の息は上がった。

「んっ…んっ…」

身体の中心が熱い。

何かが飢えるように求め始める。求めているものの正体すらわからないのに。

「あ…っ、うぅ…」

彼が左腕を俺の首に回し、抱き抱えるようにしっかりとホールドすると、ちょこちょこと抜き差しを繰り返していた指はズクズクと中に侵入した。

「…あっ！」

ぎゅっと力を入れてそれを押し出そうとしても、そこにそんな能力はなく、ただ徒《いたずら》にきつく指を締めるだけ。しかも締めつけられ抜くことのできなくなった指の中に残る部分がうごめくと、俺は悲鳴に近い声を上げざるを得なかった。

「や…っあぁ！」

前が、これ以上ないというほど膨《ふく》れ上がり彼の身体を押す。

「大丈夫だ」

と言ってもらっても、全然大丈夫なんかじゃない。

締めつけて、固く閉じたはずなのに、指はじりじりと中に進み、入るために動くのか動かしているから入って行くのかわからない。

「木辺さ…、木辺さん…っ」

長い指を全て呑《の》み込んでしまうと、後はその動きに合わせて身体を震わせるだけだった。

「逃げるなって言っただろ」

「逃げな…でも…っ」

「気持ちよくしてやるから」

「だめ…っ」

「嫌か?」

「違…っ、でもだめ…。あっ…あぁ…」

足の痺れなんかもうどこかへ飛んで行った。

まだ残っているのかも知れないけど、そんなものわからないほど指の与える刺激の方が強い。

酸素の足りない金魚みたいに口をぱくぱくさせては声を漏《も》らし、漏れる声を聞いてはその声の恥ずかしさに力が入る。

力が入ると中にある指の刺激はより直接的に伝わり、頭が朦朧《もうろう》としそうだ。

「一度イっとけ」

抱えられたまま、身体を丸め、彼の耳元に寄せた唇から喘《あえ》ぎ声を漏らす。

「木辺…さ…」

指が中で大きく動くと同時に、俺はイかされてしまった。

「あぁっ！」

絶頂まで引き絞られた緊張が一瞬にして解ける。

「あ…」

力が抜け、しがみつくこともできずに身体を預けたけれど、中の指を感じるたびに残った快感が細かな痺れになって身体を震わせた。

「俺も…大人げねぇな」

指を引き抜いて身体を離し、己の服を脱ぎ捨てる木辺さんの顔が、闇に慣れた目にちらりと映る。

逞《たくま》しい身体を晒《さら》して俺を見下ろす瞳。

「今度は俺を入れさせろ」

その目は、決して臆病な『乙女』なんかじゃなく、飢え餓《かつ》えた『男』の強い眼差しだった。

「もう『逃げるな』じゃねえ、『逃がさねぇ』。だから、覚悟しろよ」

そして彼は力の抜けた俺の両方の膝頭に手をかけると、大きく開いた。

挑むように、食らうように。

身体を進めながら。

「あ…あああぁ…っ！」


子供の頃、夕暮れの鐘は別れの合図だった。

さようなら、さようならと、残される者の悲しみを煽《あお》って鳴り続ける音。

それは遊びが終わる時間。

一緒にいた者達がバラバラになって帰る合図。

一人になって、家路を辿らなければならないという命令。

だからあの音は好きじゃなかった。寂しすぎて。

「だからあれほどこのケダモノの家に行くなって言ったんだ」

木辺さんの家に泊まって帰らなかった俺を、兄さんは翌日朝一番で迎えに来てそう言った。

「何度説得して怒っても、このバカは戯言《ざれごと》ばっかり口にして言うことを聞かないし。せめてお前の方からだけでもストップかけようと思ってたのに」

呆《あき》れたように、諦めたように、ため息をつきながら、身体中が痛くて彼の布団の中に横たわったままの俺を見下ろした。

「まあ、双方納得の上なら許すと約束した手前、もう反対はしないが…」

それから、その傍らでバツが悪そうにタバコをふかす木辺さんに向き直ると、その耳を引っ張った。

「いいか、この上は大切な弟を幸せにするんだぞ。それから、書き溜《た》めてたあのラブレター丸だしの小説も、こいつのために使わせてやれ」

「…るせぇな、わかったよ」

振り向かないまま返事をする木辺さんの背中を軽く叩《たた》いて、小さな秘密も教えてくれた。

「何せこいつの書く小説は半分はいつも自分のことだからな。書いても書いてもお前へのラブレターばっかりだ。それを悟られるのが嫌で恋愛について書かなくなったら売れなくなるし。ごまかしもきかない。それで筆を折ったのさ」

「うるせぇぞ」

「正直で不器用な乙女にはまったく困ったもんだ」

「至！」

二人のやりとりを聞きながら俺は少し笑った。

「大丈夫だよ、兄さん」

夕暮れの鐘が鳴る。

夕暮れの鐘が鳴る。

「木辺さんが乙女な分、俺が男前になるから」

けれどその音の向こう側に残して行く者にも寂しさがあるなんて考えたことなどなかった。

別れは一人に来るんじゃない。二人だから離れて行くのだ。

悲しみも寂しさも、みんな両方で感じることだったのだ。

俺が別れたくないと思った時、彼もそう思ってくれていた。俺達は同じ気持ちで同じ時間を迎えていたのだ。

だからこれからは、離れたくないという気持ちを同じくできる。

好きだから側にいてって、二人で思えるようになる。

『行かないで』と口にできる『恋人』になれた二人だから。

二人の私小説

自分は私小説しか書けない、ろくでもない作家だ。

自分の体験を、考えたことを、題材にしてしか作品を執筆することができない。だから、恋をしてしまったら片想いのままの気持ちを他人に読まれるのが嫌で筆を折った。

ヒット作を何本も世に出しながらも、突然休筆してしまった理由を、小説家の木辺克哉《きべかつや》さんは後にそう告げた。

才能があるのに。

書きたいという気持ちがあるのに。

読みたいと思って待つ者もいるのに、彼は恋と共に作家としての自分を封印してしまった。

けれど、めでたくその『片想い』が成就《じょうじゅ》すると、友人であるシナリオライターの中澤至《なかざわたもつ》と、その弟であり木辺さんの新しい恋人である雑誌編集者の中澤貴《たかし》、つまり俺《おれ》の勧めもあって、再び作家として仕事をすることとなったのだ。

久々の新作は休筆中に書き溜《た》めていた長編。

タイトルは『睡蓮《すいれん》の恋』。

内容は、長く秘めていた恋愛が睡蓮の花のように咲き誇るまで、ということだった。

『ということだった』と言うのは、俺はまだその本を読んでいないからだ。

もちろん、俺は読みたかった。

木辺さんの小説が大好きで、彼が休筆した時も何とか執筆活動を再開して欲しくて何度も説得した。

復帰の第一作はウチの編集部での小品だったし、『睡蓮の恋』も担当は俺じゃなかったけど我が社から出た本だったから。

でも、木辺さんから、

「いくら何でも当の本人に読まれるのは恥ずかしいから止《や》めろ」

と、きつく言われていたのだ。

その上、どうしてだか兄からも止めが入っていた。

「まあせめて暫《しばら》くは放っておいてやりなさい。出せなかったお前へのラブレターみたいなもんなんだ、今更見られるのは男としてのプライドってものがあるんだろう。一作くらい読まなくたっていいだろう」

こっそり隠れて読むことも考えた。

二人に内緒で読んでしまおうか、と。

けれど、それを隠しておけるほど自分は器用な人間でもないのはわかっていた。

それに、熱烈なラブレターだという内容を読むのは気恥ずかしくもあったので、二人の反対に素直に従うことにした。

一年くらい…、いや、半年もしたら読ませてもらえるだろうし、自分も落ち着いて読むことができるだろう。

それに、彼は続けてもう一冊発表し、そちらは読むことを許されていた。

まあ暫くはそれで満足することにしよう。

こちらも、相変わらずの瑞々しい文体。読む者が共感し、ついのめり込んでしまう素直で優しい話。

こちらの内容は挫折した青年の日常と『それでもいいや』と思えるようになるまで、という人間成長物だった。

順次発表された二作はすぐにそれぞれ注目を浴び、俺が読めなかった『睡蓮の恋』は特に折りからの純愛ブームに乗って大当たりとなった。

『木辺克哉』待望の新作ということもあって、発売すぐにベストセラーとなり、映画化も決定したのだ。

その事に対して、俺も、木辺さんも複雑な心境だった。だって自分達のことだもの。

そして何故《なぜ》か兄さんも…。

けれどそんな俺達を他所《よそ》に、とにかく『睡蓮の恋』は木辺さんの代表作として注目を浴び続けていた。

『祝　映画化・五十万部突破』

金屏風《きんびょうぶ》の上に掲げられた大きな垂れ幕を見て、やっぱり俺はため息をついてしまう。

ズルイよなぁ。

俺があれだけ木辺さんを使いましょうって言った時には、編集長は『できるのか？』なんて言ってたクセに。結局まとまった枚数書いてくれるとなったら担当をベテランの人に回してしまったんだから。

この本を、俺が出したかった。

でも現実は、雑誌の小品は担当させてもらえたが、大作の方は会社のテコ入れがあるからということで、新米の俺から取り上げられてしまったのだ。

まあ、モデルの二人が顔突き合わせて打ち合わせするっていうのも変だから、結果としてはこれでよかったんだろうけど。

それでもやっぱり、彼が文壇に復帰する第一作は自分の手で手掛けたかった。

そしてあとがきに『担当の中澤氏に感謝する』って一文を載せてもらいたかった。

編集者となったからには、それが夢ではないか。

けれど、俺は映画化と第七版で五十万部を突破した記念パーティに、一参列者として立っているだけなのだ。

出版社の社員、もしくは木辺さんの雑誌の方の担当、もしくは、彼の友人の弟。

それが俺の立場。

金屏風の前で彼と並んで話しているのは、生田《いくた》さんという大先輩だ。

まあ、生田さんは『悪かったな、手柄取り上げたみたいで』と謝りに来てくれたんだけど。

「貴」

そしてもう一つヘコむ理由は、兄さんだ。

「どうした、仏頂面して」

グラスを持ったまま突っ立っている俺に声をかけてくれたこの兄も、実はこの会場で俺よりいいポジションにいるのだ。

「別に、仏頂面なんかしてないよ」

「そうか？　いかにも『ちぇっ』って顔してるぞ」

メガネの似合う、優しげなハンサム。俺よりもずっとカッコよくて、男女関係なくモテる人。

それだけでも自分より上にいる人って感じなのに、兄さんは、子供の頃から木辺さんの親友なのだった。

そして今回は、映画のシナリオライターという繋《つな》がりも持ったのだ。

「してません。人には分相応って言葉があるくらいわかってますからね」

「…って言うところが不機嫌な証拠だな」

「兄さん」

「顔は可愛《かわい》いんだからにっこり笑ってなさい」

悪気があるわけじゃないのはわかっている。

でも、人間図星をさされるとムッとすることくらいあるのだ。

たとえ大好きな兄であったとしても。

「この後、予定はないんだろう?」

「ええ、俺は関係者じゃないですからね」

「二次会があるんだが、一緒に行かないか?」

「二次会?」

「ああ、映画の関係者と出版社の人間だけで行くんだが…」

「だって、俺はどっちの関係者でもないじゃん」

「あの生田って担当がね、映画関係者の前で『木辺さんが筆を取ってくれたのは、我が社の跳ねっ返りが頑張ったせいなんですよ』って言ってくださったおかげで、皆お前の顔も見てみたいってさ」

「跳ねっ返りって…、俺？」

失礼な、そんなに跳ねっ返ってないぞ。

「元気がいいって意味だろう。それで、どうする？　行くか、止めるか？」

そんなこと、聞かなくたって返事はわかってるクセに。

「…行く」

「まあどうせ酒好きが多いから、ただ酒飲んで終わるだけだろうがな」

「それでもいい。行ってみたい」

オマケじゃなく彼の側に行けるのなら、是非。

「それじゃ、帰りに声をかけるから、お開きになるまでそこらで飲んでおいで。閉会の挨拶《あいさつ》が終わったら俺のところに来るんだよ」

「うん」

この誘いが、兄にしろ木辺さんにしろ、俺のご機嫌取りなのはわかっていた。

いくら生田さんがそんなことを言ってくれたとはいえ、やっぱり自分にはそんな大きな役割などなかったはずなのだから。

　でもせっかくだから二次会には参加させてもらって、ありがたく有名人を眺めて楽しむことにしよう。

　雑談タイム。

　話をする相手がいるわけでもないのだから、グラスにちびちび口を付けながら壁際へ寄る。

　こういう時、出版社の人間は料理に手を出しちゃいけないところが寂しいな。二次会で料理が食べられるだろうか？

　もしダメなようだったら、今のうちにどっかへ抜け出して何かお腹に入れた方が…。

　そう思っていた時、突然背後から肩を叩《たた》かれた。

　驚いて振り向くと、そこには見知らぬ男性が立っている。

「あの…？」

　背の高い、ソツのなさそうな、ちょっと見モデルっぽいハンサムな男性だ。どこかで会ったことがあった人だろうか、それとも人違いされたのだろうか。

　窺《うかが》うような視線を向けると、相手の人はにこっと笑った。

「君、今中澤と話してたけど、もしかして中澤の弟？」

　ああ何だ、兄さんの知り合いか。

「あ、はい。『エルム』の中澤貴と申します」

でもここでこんないいスーツを着てるってことは関係者だろうから、丁寧に頭を下げる。

「え？　じゃあ編集をやってるのか」

今度驚くのは相手の人だった。

「はい」

「前に会った時は学生服だったのになあ」

「え…？　お会いしてましたっけ」

覚えていないなんて失礼だとは思ったけれど、つい声に出してしまった俺に、また相手の人は笑った。

「一度だけね、私も君の顔は覚えてなかったよ。北岡《きたおか》だ、北岡秀樹《ひでき》」

「北岡さん…」

その名前には聞き覚えがあった。

けれどそれは兄の口から聞いたのではない、仕事としてだ。

「北岡先生でしたか、これは失礼しました」

慌てて頭を下げるのは当然のこと。

だって、北岡秀樹といえばウチで長期連載をしていた作家さんなのだから。

「何だ、私が作家ってわかってくれるのかい？」

「当然です。前回は『底冷えの夏』をご執筆いただき、誠にありがとうございました」

「よくタイトル出て来たねえ」

「それは当然です。俺、いえ私もファンの一人として拝読させていただきましたから。最後にヒロインがナイフを拾う場面なんか、涙が出そうでした」

「中澤弟は口が上手《うま》いな」

と言いながらも満更ではない顔をする。

でもこれはお世辞じゃないぞ。本当に自分はちゃんとこの人の作品を読んでいたのだ。

木辺さんがあたたかい話を書く人ならば、北岡さんはどちらかというと痛い話が多いのだが、それはそれでとても面白い作品を書くのだ。

「君、木辺とは付き合いがある？」

彼は突然聞いた。

突然でもないのか、ここは木辺さんのパーティなんだし。

「は…、あの雑誌の方では担当を。あとは兄の友人として…」

「『睡蓮の恋』は読んだかい？」

「は…、あの…、実は…まだ」

そこら辺の裏事情を口にはできないので、編集としてあるまじき返答をしてしまう。

俯《うつむ》く俺に、北岡さんはすまなかったというように軽く肩を叩いた。

「いや、忙しいからな、編集も。いいんだよ、むしろ木辺のを読んでないで私のを覚えててくれるなんて、私にとってはいい編集だ」

笑顔を浮かべられてもどこか気まずい。

「いえ…」

「今度またそこで書くことになってるから、担当は中澤弟くんに頼もうかな」

「そんな」

「前の人、部署が変わってしまったらしいんだよ。林《はやし》という男だったんだが」

「はい、林は現在別雑誌に…」

恐縮し、顔の上げられない俺に、北岡さんはあくまで優しかった。

「今度会う時には一緒に仕事ができるといいね。じゃ、私は旧友としてちょっと木辺にちょっかい出して来るから。またね」

「あ、はい」

気の利いたことの一つも言えない間に、北岡さんは去って行った。

人の波を泳いで進んで行く彼に、何人かの人が声をかけるけれど、それをにこやかにこなして歩いて行く。

「兄さんがシナリオライターで、恋人はベストセラー作家、兄貴の友人も著名な作家。それで俺だけがしがないサラリーマンか…」

別に自分の仕事を卑下するつもりはないけれど、そこに『駆け出しでまともな仕事ができない』って付いてしまうと視線が下を向いてしまう。

「二次会…、顔出しても辛《つら》いかもな」

曖昧《あいまい》なのだ、結局自分の立場ってヤツが。

何を基準にしても独り立ちできていない。

木辺さんの恋人で作品のモデルってことは絶対に誰にも言えないし、兄貴の弟とすれば、木辺さんの親友の弟と二つも『の』が付いてしまうし。会社の方からいっても、売れた本にはかかわっていないけれど、雑誌では担当をしました、とやっぱり二次的。

いつも直接『俺はこれです』って言えない。

『ナントカのナントカ』でしか言い表すことができない。

それが辛いのだ。

だが、それで腐っていては、もっとどうしようもなくなってしまう。

今はまだ若いから、この位置でも仕方がないのだ。

けれど、これから頑張って自分の立場をハッキリ名乗れるようにしてみせる。

「それでは、宴もたけなわではございますが、そろそろお時間となりました…」

壇上、閉会を促す挨拶が始まるから、俺は慌てて兄さんの姿を探した。

取り敢《あ》えず、今日のところは『シナリオライター中澤至の弟』『雑誌で木辺さんに付き合った編集』という弱い立場で我慢しようと思いながら。


「お前、パーティ会場で北岡にセマられてただろう」

パーティでも、二次会でも、俺にちっとも近寄って来なかったクセに、家に入るなり彼はそう言って俺の首に手を回した。

酔っているから、吐く息が少し酒臭い。

「何言ってるの、いきなり」

兄さんは、酔っ払った男と二人っきりになるとアブナイぞと、彼を送ることになった俺をからかったけれど、本当だ。

「どっかで見てたの？」

いつもは大人でカッコイイ木辺さんも、これでは単なる酔っ払いの絡みオヤジだ。

「見てた。アイツがお前に声かけてにやけてたのをな」

「アイツって…。北岡さんって、兄さんや木辺さんの友達なんでしょう？」

重たく抱きつく彼を背負うようにして玄関のドアを開ける。

古い日本家屋のこの家では彼を待つ者はいない。

木辺さんは、俺の家の近くにあるこの家に一人住まいなのだ。

「友達？　単なる大学の同窓生だ、あんなの」

玄関で靴を脱ぐときも、廊下を進む時も、彼の腕はしっかりと俺の首を捕らえたまま。

まるでクダ巻いてるみたいにべったりとくっついて来る。

「そうなの？　旧友だって本人は言ってたよ」

「古い知り合いってだけさ。俺はあいつの書く話は好きじゃない」

「どうして？　面白いのに」

勝手知ったる何とやら、だ。手探りで彼の寝室になっている部屋の襖《ふすま》を開けて、明かりを点《つ》ける。

「あんなものは小手先だけのものだ。こう書けば喜ぶって技法だ」

「それも大切だと思うけど？」

蛍光灯が何度か瞬いて部屋を照らすと、ここのところ敷きっぱなしの布団が現れるから、掛け布団は捲《めく》らずその重たい荷物を転がした。

それでも腕は離れず、自分も一緒になってそこへ倒れ込んでしまう。

「危ないなあ、酔っ払い」

と怒った声を出しても、効果はない。

「酔ってなんかいない」

相手は憮然《ぶぜん》とそう言って、仰向けになった胸に俺を引き寄せるだけ。

「酔っ払いってそう言うんだよ」

何とかその手から逃れようと頑張ってはみたけれど、体格の差もあるから抜け出せるわけがない。

でもまあいいか、ちょっと酒臭いけど、好きな人と一緒なんだから。

今まで、自分が望んだ結果とはいえ、仕事を再開した木辺さんは忙しくて俺の相手なんかあまりできなかったのだ。

まあ俺がここへ来てしまえば、それはそれでデートだったんだけど。見られるのは背中ばかりで、返事は中途半端、結局いつもいたたまれなくなって帰ってしまっていたのだ。

こんなふうに、『明日の予定』を気にせず彼が自分の側にいてくれるのは久々だった。

そう思って彼の胸を枕に自分も仰向けに足を投げ出すと、やっと腕の力が緩む。

「酔ってないから酔ってないって言ったんだ。仕事の話をしながら酔えるもんか」

「じゃあこの手を離してよ」

「酔ってないから離さないんだ」

そのセリフも悪くない。

「俺に側にいて欲しいってこと？」

「ああ」

「じゃあこのままでも我慢してあげる。今夜はここへ泊まるって兄さんには言って来たし。でも、スーツだけは皺《しわ》になるから脱がしてよ」

「…ほら」

手が離れてやっと身体が起こせるようになったから、もそもそと起き上がる。

上着を脱いで、ネクタイを外し、ワイシャツのボタンに手をかける。

その途端、背後からシャツの裾《すそ》を引っ張られた。

「北岡なんかと親しくするな」

倒されるほど強い力ではないから、手を止めて振り返る。

「それ、ヤキモチ？」

俺は笑ったけれど、彼はまだぶすくれた顔のままだった。

「当然だろう」

「だったら嬉《うれ》しいな。でも、ヤキモチ妬《や》かれるほどのことは何もなかったんだけどね」

「あいつは昔っから俺にちょっかい出すのが好きなんだ」

「そうなの？」

「理由はわからんが、同窓で、同じ作家を目指してたからだろう。俺の方がデビューは早かったし、俺の方が売れたたし。そういうので虫が好かないいんだろうな」

「理由、わかってるじゃない」

「何それ？」

「しかも、あいつは手が早い」

「いいか、もう一度言うぞ。北岡の側には寄るなよ」

木辺さんは起き上がり、背後から覆い被さって来た。

「重いよ」

手は器用にそのまま俺が止めていた動作を続けた。

つまり、ボタンを外して来たのだ。

「ち…、ちょっと、木辺さん」

「何だ」

「自分でできるよ」

「何言ってる、これはお仕置きだ」

シャツのボタンはすぐに全て外されてしまったけれど、手はそのまま下へ伸びる。

「あ、やだ」

ベルトをそのままに、ズボンのファスナーが引き下ろされる。

「木辺さん！」

「北岡に近づかないって約束しろ」

「そんなことできるわけないでしょう。作家さんなんだから。それに今日会ったばかりの人に何でそんなこと…、あ…」

やっぱり何と言おうと、彼は酔ってるんだ。

いきなり人の股間《こかん》に触れて来るなんて。

「止めて」

指は『脱がす』のではなく『触って』くる。

「木辺さん！」

「約束しろ」

人に触れられるなんて全然慣れていないから、すぐに前が勃《た》ち上がってしまう。

なのに彼はしっかりとそこを握ったまま離してくれない。

自分も少しアルコールが入っているから、快感はすぐに全身に広がり、意識は彼の指に集中する。

「止めて…」

片方の手はそこに置いたまま、終《つい》にはベルトを外して前をすっかり広げ、下着の中から熱くなったモノを引き出す。

「う…」

そうなってしまうと、もう俺には抵抗の余地はなかった。

嫌いな人間や、見ず知らずの相手だったら、どんなに暴れてでも逃げてみせる。

でもこの手は、自分が大好きで、ずっと手に入れたかった人のものなのだ。

「あ…」

鼻先でシャツを捲り上げた木辺さんが、背中にキスを降らせて肌を濡《ぬ》らす。

背骨に沿ったその柔らかい感触はゾクゾクとした快感を呼んだ。

「返事しろよ」

と言われても、言葉なんか出ない。

「ん…、や…」

「もう感じちゃったのか」

「木辺さんっ…」

意地悪なセリフだ。

しかもそれを呆《あき》れたように言うなんて。

「ほら、手を止めたから口がきけるだろう。返事しろ」

「ど…うしてそんなこと言うの…」

「何？」

「だって…、今日会ったばかりの人にそんなふうに言うなんて…。あの人、俺の顔もわからなかったんだよ？」

手は止まっても離れたわけじゃないから、置かれた指のせいでじんじんとした感覚は消えていかない。

「お前は俺のものだからだ。それにあいつはな、絶対にホモなんだ」

「…は？」

「学生時代にあいつが付き合ってたヤツも知ってる。だからお前が北岡の毒牙にかかるかも知れないと思うと許せないんだ。やっと手に入れた恋人なのに」

『恋人』という一言に刺激を受けていない股間がツキンと痛む。

「ん…」

同時に、腰が疼《うず》く。

「だから、危険なヤツの側には近づくなって言うんだ」

感じ始めていたのに途中で止められて、身体が敏感なまま彼を求める。

「そんなこと…」

でも木辺さんは気づいてくれなかった。

俺がこんなに苦しくなっていることを。

背後から降る声は、俺のことではなく『北岡さん』のことばかり。

「約束しろ」

「…もう…、会うこともないかも知れない人だよ」

「だったらいいだろう。北岡には近づかないって言え」

もうダメだ。

俺はおずおずと自分の手を彼の手に重ねた。

「…する、するから…」

それでやっと、彼は俺の辛さがわかってくれたようだった。

「俺が欲しいのか」

嬉しそうな声。

基本的にこの人はイジワルなんだ。

「しょうがねぇな」

と言ってくれたクセに、手は俺の指の下からするりと抜けてしまった。

「あ」

と、もの惜しげな声が漏れると、離れた手が俺を布団の上に引き倒す。

天井を背景にこちらを覗《のぞ》き込む彼の顔は憎らしいことににやにやと笑っていた。

「貴は可愛いからな、他のヤツに手を出されるかと思うと腹が立つんだよ。俺は長い間忍耐って言葉とオトモダチになってやっとこうできるのに、横合いからぽっと出て来たようなヤツに手を出されてたまるか」

「そ…んな」

「お前は俺のものだからな」

その一言が、どんなに俺を喜ばせるか、この人はわかりはしないんだ。

俺だって、ずっと『忍耐』って言葉とオトモダチだったんだって。

むしろ俺のが絶対その期間が長かったと思う。

兄さんの友人として初めて現れた時から憧れて、彼にしか恋をしてないんだから。

「ん…」


優越感に浸ったままの顔で、彼がキスをくれる。

舌が口の中を犯すように動きまわる。

手ははだけたシャツの中に入り、胸をまさぐる。

身体が重なると、さっき勃ち上げられた箇所が彼の服に擦《こす》れて、また快感が走る。


「ん…っ、ふ…」


口の中を俺のものではないアルコールの匂いで満たしてから離れた唇は、胸に移って小さな突起を含んだ。

途端に電気が走るような痺《しび》れを感じる。


「あ…」


電気が点いたままだから恥ずかしい。

けれどそれを口にして彼に離れられるのも寂しい。

だから俺は自分の目を閉じて、彼の舌が自分の胸を舐《な》める姿をシャットアウトした。

でもそれはするべきじゃなかったかも。閉じた瞼《まぶた》の暗闇《くらやみ》の中、鋭敏になっていた感覚はより以上に愛撫《あいぶ》を感じさせたから。


「あ…ん…っ」

正に全身が『彼のもの』になってしまう。

大きな手と熱い舌に翻弄《ほんろう》されて、力が抜けていく。

「お前、明日仕事か？」

「う…ん」

「じゃあイカせるだけで我慢するか」

そう言うと、彼は硬くなっていた俺のモノを口に含んだ。

「…あっ！」

舌がまるで食後のデザートを味わうようにゆっくりと、優しく先を濡らす。

支えている手も、ただ添えるだけ。

傷つけないようにしてるつもりなんだろうけど、その優しさが余計に俺を苦しめるなんて、やっぱりわからないんだろうな。

たったあれだけのことで、もうそんなささやかな刺激じゃ我慢できないほどのところに追い詰められてるなんて、経験豊富なこの人にはわからないんだ。

「木辺さん…」

それでも、自分からはせがむことができないから、手を伸ばして彼の髪に触れ、名前だけを呼んだ。

こんなふうに自分を作り変えた人の名前を、ただ愛《いと》しげに。

「ん…っ」


俺は自己申告すると、性的なことにはオクテな方だった。

『好き』という言葉は気持ちだけで終わることができるとも思っていた。

ただその人の側にいれば、満足できるだろうと。

けれど、それだけじゃなくて、もっとハッキリとした形で愛情を受け取りたいと思うようになったのは、木辺さんのせいだ。

彼を好きになって、誰よりも彼の側にいたくて。

親友の弟としてだけじゃなく、その腕も、声も、身体も、全部自分に向けさせたいと思うようになった。

それだけじゃない。

人間ってのは欲が深いんだろうな。

恋人になってからは更にその上が欲しくなるようになってしまったのだから。

つまり、彼が俺の翌日を気遣って俺だけを満足させて眠ってしまったことが、少しばかり不満だと思うような身体になってしまったのだ。

まあ彼は昨日酔ってたし？

俺だって受け入れたら今日は会社になんて来れなかったし？

それは仕方ないことなんだけど、せっかくそういうことをしてくれたんだから、ちゃんと最後までして欲しかったなぁなんて思うわけなのだ。

…誰にも言えないことだけど。

こんなふうに思うのは俺だけなんだろうか？

普通の男だったら、射精するだけで満足なんだろうか？

好きな人とクタクタになるまで抱き合いたいっていうのは、イヤラシイことなんだろうか。

いや、真っ昼間っから会社でこんなことを考えてること自体が、既にイヤラシイことなんだろうか。

「中澤」

ぼーっとしていた俺に気づいたのか、突然編集長が俺を呼んだ。

「はい、仕事してますよ」

慌てて顔を上げそう返事をしたのだが、編集長は驚いたような目で俺を見た。

「仕事してなかったのか」

…しまった。

居眠りしてた学生みたいなことをしてしまった。

「いえ、ちょっと考え事を…」

「まあいい、ちょっと来い」

怒られるのかな、と思って近づくと、編集長は進行表を俺に渡した。

「お前、北岡秀樹とも知り合いか?」

「え?」

どうしてその名前が…。

「あの…、兄の大学時代の知り合いだそうですけど…」

「中澤至か、お前は本当に便利な兄貴を持ってるな」

その言い方にちょっとムッとする。

「兄は兄、俺は俺です」

それがまた編集長の目に子供っぽいと映ったのか、目の前の顔は皺を作って笑った。

「ガキみたいなこと言うな。お前の兄貴はお前の兄貴だろう。自分の仕事に役に立つなら兄貴の名前もガンガン使えばいいんだ」

「七光りみたいで嫌じゃないですか」

これはお小言じゃないな、と確認したから本音を言う。

「七光りも才能のうちだ。それに頼って仕事をするようになったらオシマイだが、それを利用できるのは腕だよ。それより、その関係なんだろうな、北岡さんがお前を担当にして欲しいって名指しでな」

「え？」

「『え？』じゃないだろ、お前には会って話は通したって言ってたぞ」

それって、昨日のパーティで言ってたこと？

確かにあの時、北岡さんは彼の作品を褒《ほ》めた俺に『中澤弟に担当を』とは言ってくれたけれど…。あれって雑談の中のお世辞じゃなかったのか？

「どうした」

「あ、いえ。実は昨日のパーティ会場で兄といるところを見られて声かけられたんです。その時に確かそんなようなことを言ってましたけど…」

「そうか、じゃあ決まりだな」

「は？」

「お前が担当なら一本長いの書いてくれるって言うんだよ。しかも潰《つぶ》れた『小説北斗《ほくと》』で連載してた長編、ウチから単行本にしてくれるって言ってたな」

「ちょっと待ってください。でも俺は木辺さんと小田垣《おだがき》さんと井沢《いざわ》さんが担当で…」

困る。

だって北岡さんに近づくなと約束させられたのは昨夜《ゆうべ》のことなのだ。

「何言ってんだよ、木辺さんは今連載じゃないし井沢さんは単発だ。他の連中はもっと一杯扱ってるんだ。それにお前をいつまでも遊ばせておけるほどウチは暇じゃないんだからな。目一杯働いてもらわないと」

「でも編集長」

「電話入れて、来週中にはちゃんと顔合わせして来い」

「俺はですね…」

「ここんとこ一人空いてるから、できれば再来月号くらいに何か貰いたいって言ってみろ。ダメなら向こうのスケジュールに合わせるってな」

俺の抵抗の言葉など何にも聞いてはくれず、編集長は広げた進行表を指さした。

木辺さんほどではないにしろ、北岡さんは有名な作家だ。

俺の木辺さんとの約束は他人に言えるようなことではないから、そんな作家の仕事を断る理由にもならない。

ましてや彼が怒ってる原因は『北岡はホモだから』なんて、何の根拠もない（と俺は思ってる）ことなんだから。

「単行本一本分書いて欲しいって言うんだぞ。あと、挿絵とかに希望があれば聞くってな」

「でもあの…」

「あの人は締め切りは守るそうだから、楽なもんだ。いいな、中澤」

「…はい」

結局、多少の攻防はしてみたものの、俺の北岡さん担当はあっさり決定してしまった。

どうしよう。

これが木辺さんに知れたら絶対怒るよな。

会って話をしただけでもあんなに怒ってたのに。

どうしよう。

この事態を一体誰に最初に説明するべきだろう。

いや、誰にも言うべきじゃないのか？

仕事だと説明したら、木辺さんだって大人だ。わかってくれるんじゃないだろうか。

何だったら兄さんに相談を…。

ダメだ。

たった今編集長に頼ったらダメって言われたばかりじゃないか。

自分一人の力で何とかしないと。

まずは仕事として北岡さんに会う。

そしてその態度を見て、木辺さんの怒りの原因が正しいかどうかを確認する。結果、木辺さんが正しかったら彼に相談して、彼の勘違いだったら自分が彼を説得する。

これでいこう。

それにもしも北岡さんが真性のホモだったとしても、兄さんの友人でもあったわけだから、友人の弟に変なことはしないだろう。

うん、それがいい。

俺は一人頷《うなず》いた。

まずは北岡さんと会うという『仕事』を優先するべきだ、と。


「いらっしゃい」

木辺さんの自宅は、いかにも作家が住んでるって感じの古い日本家屋であれも好きだった。

それに一軒家っていうのはお金かかってるな、とも思っていた。

けれどここはあの家と全く違ったタイプの、作家の家っぽくて、金持ちっぽい感じだった。

「すぐにわかったかい？」

にっこりと笑って出迎えてくれる主。

洗練されたマンションの洗練された部屋。

入口はオートロックで、インターフォンで住人を呼び出して開けてもらうタイプ。

部屋のドアを開けるとそこは大理石の敷石で、壁には美しいミュシャのリトグラフが掛かっている。

「はい、大丈夫でした」

「じゃ、中へどうぞ」

と招き入れてくれる人は、木辺さんのように不精髭《ぶしょうひげ》で何日も執筆して閉じこもってました、なんて様子ではない。

白い木綿のシャツの似合う爽《さわ》やかな印象で、微《かす》かにコロンの香りさえ漂って来る。

通されたリビングには革張りのソファ、変形のガラステーブル、間接照明。ここの壁にかかってるのは俺にはわからない作家の絵だけど、これもきっと著名な人のなんだろうなって雰囲気のものだ。

「コーヒーでいいかい？」

「あ、とんでもない、そんなお気を遣わずに」

「もう淹《い》れてあるんだ、そこへ座って待ってなさい」

「あ、はい」

この部屋が、北岡さんの自宅だった。

ジノリのカップで運ばれたコーヒーを俺の前に置いて、彼が座るのはソファの向かい側。

別にいやらしい感じもしなければ、ヤバイ雰囲気もない。

「悪かったね、突然担当を頼んでしまって」

と言ってくれる言葉も柔らかく優しい。

「いえ、そんな、光栄です」

この人がホモ?

「中澤の弟だと思うと、上手くやれるかなって思ったんだ」

この人が木辺さんにちょっかい出しまくり?

「それに、俺の本を読んでくれてたっていうのに感動してね」

とてもじゃないが、そんなふうには思えない。

「やっぱり自分の作品を評価してくれる人に担当になってもらいたかったんだ」

北岡さんはとても物腰の柔らかい紳士だった。

何ていうか、とてもスマートな人とでも言うべきか。

「中澤弟って呼んでもいいかい？　中澤っていうと君の兄さんと混同してしまいそうだから。ああ、もちろん会社に電話する時は『中澤さん』って言うけどね」

「どちらでもお好きな方で結構です。それで仕事の話なんですが…」

「早速だね」

「後にしますか？」

「いや、いいよ。仕事熱心なのは好きだ。君の兄さんもこんな感じだし」

「兄と…、親しいんですか？」

俺は敢《あ》えて『木辺さん』の名前を外した。

七光りでも何でも、今はこっちの方が話し易《やす》い。

「ああ、至はずっと水泳やってただろう。それでね」

「え？　じゃあ北岡先生も水泳を？」

「ああ。水泳選手というほどじゃないけどね。親しくなったのはプールでよく会うようになってからだな」

「へえ…」

「私は水泳をやってるように見えない？」

「あ、いいえ。とてもいい体つきだと思います」

『体つき』はまずかったかな、ホモ疑惑の人に。

でも北岡さんはただ笑っただけだった。

「服着てるんだから、体つきはないだろう。作家の中じゃ筋肉はある方だけど、この仕事になってから大分落ちたんじゃないかな」

ごめん、木辺さん。

やっぱり俺はこの人がホモだとは思えないや。

確かに木辺さんとは合いそうもない、全く違うタイプの人間だとは思うけど…。

「私の方は色々君のことを聞いてるよ。至は弟ベタ褒めだからね」

「そうなんですか？　恥ずかしいな」

「いいじゃないか、兄弟仲がよくて。至の話を聞いては私も弟が欲しいと思ったものだよ。私は上に姉がいるだけだから」

「そうなんですか？」

「うん。仲は悪くはないんだが、やっぱり下っていうのは別だろう？」

「そうですね、私も自分より下がいればよかったなと思ったことはあります」

「だから、君のことは色々知ってるよ。甘いものが好きで本の虫なんだろ？」

「そんなことないですよ」

「でもクリスマスにホールケーキ買ってやったら半分一人で食べたって聞いたよ」

「…そんなの、高校の時の話です。第一小さいケーキだったんですよ」

兄さんってば、他人様に何を話してるんだか。

「反対に、本に夢中になって食事を忘れたこともあるんだろう？　ゲームにも夢中になって睡眠不足になったとか」

「子供の頃の話です」

本当にもう…。

「恥ずかしがることないよ、私だってあることさ」

「先生はお仕事に夢中になって、でしょう？」

「いや、学生時代にゲームに夢中になってね、さすがに学校はサボらなかったけど、三日くらい寝ないで学校行ったかな。もちろん、子供の頃の話だけどね」

「本当ですか？」

「本当さ。ああ、言っとくけど、今はそんなことしないよ。締め切り破ってゲーム三昧《ざんまい》、なんてことはね」

「あ、はい。わかってます」

いい人だ。

木辺さんが心配するようなことは全然ない。

「それでは、仕事の話に移ってもよろしいですか？」

「どうぞ」

「まずスケジュールなんですが、せっかくですから急ぎで一本いただければと思いまして…」

北岡さんは穏やかな表情で黙って俺の話を聞いてくれた。

俺が抱くホモのイメージは、失礼ながらもっと飢えた感じなんだけど、彼は別に変なことを言うわけでもないし、近づいてこようとか、身体に触れようとかするわけでもない。

極めて紳士的で、むしろ俺に対して『いいお兄さん』とか『いい作家の先生』という姿を見せようとしているみたいだった。

仕事の話にしても好意的で、こちらの申し入れたスケジュールは全て受け入れてくれるし、特に何か要求があるわけでもない。

ワガママを言うことだってなかった。

二時間近い滞在の中、彼は仕事に真面目《まじめ》な作家であり、優しい人だった。

もちろん、木辺さんのことを悪く言うこともなかった。

最後に挨拶して部屋を出る時、俺はもうすっかりこの人を悪い人だと思うことなんてできなくなっていた。

きっと、二人の間に何か誤解があっただけなのだ、と。

「兄さんも北岡さんと仲よかったの？」

その理由を誰かに聞いてみたくて、俺は家へ帰ると兄の戻るのを待ってそう聞いてみた。

「何？」

遅い時間、打ち合わせが終わってちょっと酒の入ってる兄さんが、キッチンで盗み食いのパンを片手に振り向く。

「兄さんと北岡さんって仲よかったのかって聞いたの」

単に、木辺さんには聞きにくいから、兄さんに二人の関係を聞こうと思っただけだったのだが、俺の言葉に兄さんは何故か口を『へ』の字にして天を仰いだ。

「北岡…って、北岡秀樹か」

長い沈黙の後にくれた返事はそれ。

ひょっとして、あの人が言うほど親しくはなかったんだろうか。

「え？　ああ、そう」

「どこで聞いた」

「どこでって、北岡さんから…」

「会ったのか?」

「う…ん、木辺さんのパーティの時に初めて…。あ、でも学生の頃にも会ってたって言われたけど」

「一回な、ウチへ呼んだことがあったから」

どうも口調も荒れてるし、歯切れが悪い。

仕事に入ってる時は大体そうなんだけど、こういう時はあまり長く相手をしてくれないんだよな。知りたいならもっと突っ込んで聞くべきだろうか。

「俺…、今度北岡さんの担当になったんだけど…」

と言ってみると、コーヒーを淹れていた手が止まる。

「あいつ、お前んとこに書くのか」

「うん、前にも一回ウチで仕事してくれてんだけど、今度また」

何でそんな態度になるんだろう。

「…そうか」

と言ったまま、また押し黙ってしまうなんて。

「兄さん?」

俺が近づくと、兄は振り向いて言った。

「貴、部屋へ来い」

「え？　うん、いいけど」

「コーヒー、自分の分は自分で持って来いよ」

「うん」

機嫌が悪いのだろうか。

俺は先にスタスタと自分の部屋へ戻って行く兄を待たせない方がいいと判断し、冷蔵庫からジュースのペットボトルを取り出すと、慌てて追いかけた。

狭くないはずの部屋は、整理されてはいるのだけれど、今度の新しい仕事用の資料で手狭になっている。

その雑誌なんかの山を横へずいっと退《ど》けると、兄さんはここへ座れと指さした。

「北岡が何か言ったのか？」

「え…、兄さんと親しくしてたって。水泳のプールで一緒になってたんでしょう？」

「ああ」

「親しくなかったの？」

素朴な疑問をぶつけると、兄は硬い表情を崩さぬまま否定した。

「いや、親しいよ。というか今も友人だけどな。あいつもそう言ったんだろ？」

「うん」

「じゃ、何が聞きたい」

「え？」

「何か聞きたいことがあったんだろ？　北岡と友達かってだけの質問なら、『そうだ』で終わりだぞ」

何だろう。

木辺さんといい兄さんといい。あの礼儀正しい人の何が気に入らないんだろう。ましてやたった今『友人だ』って言ったクセに。

「あの…、実は北岡さんって言うより木辺さんのことで…」

「木辺？」

「何か木辺さん、北岡さんのこと嫌いみたいなんだよね。パーティで一緒にいたの見ただけで、もう近づくなとか言われて…」

その結果のことに関しては口にしない。いくら兄が俺達の恋愛を知っているにしても、とても身内に言えるようなことではないから。

「木辺が…」

「北岡さんが色々木辺さんにちょっかい出すからだって言うんだよ。それにその…、あの人が男の人と付き合うような人だからって。でも俺、今日会って来たけどとても北岡さんがそんな人だとは思えなかった。だから二人の間に何か誤解があるんじゃないかと思って。それで…」

「木辺とも北岡とも親しい俺なら何か知ってると思った…、か」

「うん」

兄はすぐには答えてくれなかった。

余程腹が減っていたのか、何か考えこんでいるのか、ただキッチンから持って来たパンを齧《かじ》ってはコーヒーで流し込んでいた。

こういう時に続けて質問しても返事をもらえないとわかっているから、仕方なく俺も黙ってジュースを飲む。

自分に人を見る目がないんだろうか。

北岡さんは決して悪い人じゃないと思うんだけど。

「木辺と北岡は確かに仲が悪い」

パンをぺろりと平らげると、突然兄は口を開いた。

「北岡にちょっとした誤解があったのと、北岡が自分の進みたかった道を、あっさり木辺に進まれてしまって彼を嫌ってるのとで、あいつが木辺にちょっかいを出してるのは本当だ」

「嫉妬《しっと》ってこと？」

「北岡は文学青年だからな、高校の時から投稿したりして作家になりたかったらしい。なのに木辺にデビューして即ヒット作を出されて、いささかムカついてるのは事実だ」

「でもそんなの…」

「仕方ないとは言うなよ。誰だって自分が一生懸命だったものを横合いからさらわれたら、それが一つしかない席じゃなかったとしても腹立たしく思うもんだ」

「…うん」

「そのせいで当たりが悪くなったから、木辺の方もだんだん北岡が嫌いになって、二人の関係は疎遠になった」

「でも兄さんは北岡さんと別れなかったんでしょう？」

「木辺と北岡が仲が悪いからって、俺と北岡には関係ないからな。それに、北岡には色々と世話になったし」

「世話…？」

兄はチラッと俺を見た。

「知らないのか、あいつの父親は経済小説の作家の北岡琢磨《たくま》だ」

「え…？　知らなかった」

「まあその七光りでデビューしたと思われるのが嫌で、他人にはあまり話さないがな」

へえ、じゃあやっぱりいい人じゃないか。

自分の実力だけで勝負したいって考えるなんて、俺に似てなくもない。

「彼の父親に口を聞いてもらったりして、俺も最初の頃仕事を回してもらってたんだ」

「そんなことが…」

「でも、だ。俺はお前が北岡に近づくのは歓迎しない」

「え?」

「仕事なら仕方がないが、なるべく二人にならないことと、プライベートな話はするな」

「な…、何それ!」

そんなこと、前にも言われたことがある。

木辺さんが俺を好きだってまだ俺に伝える前だ。

でもあの時はそういう事情があったからだけど、今回は理由がわからない。

だって、この間初めて（覚えてないのを入れても二回）会った人が、俺を好きだなんてことがあるわけないいんだから。

「俺が今言えるのはそれだけだ」

「それだけじゃわかんないよ、理由を教えてよ」

「理由？　そんなの簡単だろう。お前が北岡に近づけば木辺の機嫌が悪くなる。二人の間に入って身動きができなくなるのは俺だぞ」

「う…」

それはまあ確かにそうかも。

「でも…！」

「暫くは木辺に北岡の担当になったことは伏せておけ。もしそのことがバレて何か言われたら俺に口止めされたと言えばいい。それから、北岡と話題にしちゃいけないことが三つある」

「三つ…？」

「一つは木辺のことだ、そしてもう一つは俺を含めたプライベートなこと、そして三つ目は木辺の作品について」

「どうして…」

「説明する必要もないだろう。俺のことを話せば木辺のことに触れる。木辺の話題をあいつに振れば、マズイことになるからに決まってる」

「う…」

そうかも知れない。

そうかも知れないけど、それじゃ何か変じゃないか。

たった今、二人の仲たがいの原因は兄さんは北岡さんの誤解と嫉妬だって言ったのに、それくらいなら話せば何とかなるだろうに、どうしてそこに手を付けてはいけないんだ。

「とにかく、これは『絶対』だからな」

不満はあった。

けれど俺には何も言えなかった。

この兄が『絶対』と言うことには逆らえないのだ。

というか逆らったらどうなるかわかっていたから。

「…北岡さんが振ったらどうするのさ」

「次に予定があるから話してる時間がないとでも言え」

取り付く島もないとはこのことだった。

「もう行っていいぞ。俺は仕事にかかるから」

その上『仕事』とまで言われてしまっては、退散するしかない。

「…わかったよ」

とは言いながら、一つもわからなかった。

三人の間に何があるのか。

兄と木辺さんが北岡さんの『何』を見てるのか。

そして俺はどうすればいいのか。

何にもわからないままだった。


秘密を一つ、胸に抱えるというのはとても辛いことなのだと思い知らされた。

特にそれが何もかもを相談し、心を通じたいと思う相手に対してなら、なおのこと。

仕事は仕事と割り切ってみても、俺は木辺さんの顔を見るたびにいっそ言ってしまった方がいいんじゃないのかと考えた。

「俺、北岡さんの担当になったんだ。仕事の話しかしないんだけど、悪い人じゃなかったよ」

それだけでいいのだ。

そうしたら心は軽くなる。

けれどそうしようとするたびに、温和な兄が珍しく『絶対』を付けてこのことを木辺に話すなと命じた顔を思い出す。

俺が何も知らないだけで、何も教えられなかっただけで、本当は二人の間にもっと確執があるのかも知れない。

だとしたら、自分の勝手な判断でそれを口にするのはいけないことだ。

そう思って口を閉ざしてしまう。

幸い、木辺さんの方は映画の一件でコラムを書かされたり、インタビューを受けたり、忙しく出歩くことが多くなっていた。

そのせいで、俺が彼を訪ねる回数は少なくなり、会っても北岡さんの話題を出すことはなかった。

一緒にいられるのは短い時間なのだ。

せっかくの大切な時間に機嫌を損ねたくはない。だから、俺がそうするように仕向けていたのもあって話題は新作のことばかりだった。

「新しい話、書くんでしょう?」

「ああ、今回は私小説じゃなく完全な創作にしてみようかと思ってる。いつまでも自分の切り売りしてるとそのうちネタがなくなるからな」

「ホント?　どんなの?」

「まあ色々だ。考慮中ってとこだな。ゼロから考えるってのは案外難しいもんだ」

「木辺さんなら何書いても面白いと思うけどな」

「そいつは身びいきって言うんだ」

なんて会話を交わしながら結構イチャイチャしていられた。

でも北岡さんの方は違う。

打ち合わせで会うと、何度か木辺さんのことや兄さんのことを話題にしようとして来た。

「木辺の新作、恋愛ものだったそうだね」

兄さんは『時間がないで逃げろ』と言ったが、俺はそんなに器用じゃない。

「すいません、まだ読んでないんですよ」

「謝らなくていい。私も読んでないんだ。だから誰か読んだ人にどんなのだか聞いてみたいと思っただけさ。確か、幼なじみとの恋愛物だろう？」

「いえ、本当に何にも…」

木辺さんが自分をどう思ってるかが赤裸々に書いてあるはずのラブレター。

俺はそれを誰かに聞くこともできなかった。

何も知らない他人から『ああでこうで』と彼の気持ちを説明されたら、きっと赤面してしまうだろう。それに、自分の態度とかだって書いてあるはずなのだ。

「あいつは私小説ばかり書く男だからな、大方自分の恋愛の体験談なんだろうが」

「それより先生、私は先生の新作のことの方が興味があるんですが」

自分にできる精一杯の話題の逸《そ》らし方はそれぐらい。

けれど北岡さんはちょっとプライドの高いタイプの人なので、自分が快く思っていない木辺さんを放って彼のことを口にすると、すぐにご機嫌がよくなってくれるので助かった。

「ああ、そうだったね。実は華道の家元の話にしようかと思って、今資料を集めてるんだ」

「必要なものがあったら何でもお取り寄せいたしますよ」

ただ困ったのは、もう一つタブーがあることだった。

「そういえば、至は今度テレビシリーズも手掛けるらしいな。映画のシナリオと両方じゃ大変だろう」

そう、唯一の救いであるはずの兄の話題もできないのだ。

「はあ、でも仕事中はあまり話もしなくて。お互い働いてしまうと生活時間帯が違うものですから」

「そうか…。そうだな、私もあまり姉と話すことはないものな」

「お姉様はご結婚なさってるんですか？」

「ああ、小学生の甥《おい》っ子がいるよ。まあ、あれがもう少しおとなしかったら弟気分なんだろうが、如何《いかん》せん怪獣でね」

「小さい子なんてみんなそうですよ」

俺のプライベートはダメでも、北岡さんのプライベート話ならいいんだろうか。

それともどっちもしてはいけないんだろうか。

わからないから薄氷を踏むように気を付けながら会話を進める。

「中澤弟は上がり性かい、いつも緊張したように話をするな」

終には北岡さんにそんなことまで言われてしまった。

「そんなことないですよ」

とはいうものの、否定もできない。

普通は雑誌の仕事だけだったらそんなに顔を合わせる回数もないのだが、何せ今回は他社の原稿を引き上げてウチから単行本にという話もある。

前の会社とのロイヤリティとか、枚数の調整とか、装丁の話とか、色々と打ち合わせることが多いのだ。

俺はどうすればいいんだろう、なんて悩んでもいられない。

会社からも北岡さんとは仲良くやれと言われているし、あっちとこっちで嘘《うそ》をつき続ける毎日に少しずつ疲れを感じていた。

それでも、木辺さんには会いたいし、北岡さんには会わなければいけない。

他の仕事もしなければならない。

この状態がいつまで続くんだろう。

決着がつかなかったら、ずっとこのまんまなんだろうか。

兄さんにもう一度相談しようにも、部屋のドアには『仕事中』の札が下がってるから声をかけることもできない。

自分達の恋愛が絡んでいるから、他の友人にも相談なんかできるわけがない。

堪《たま》りかねて、一度だけ木辺さんにその名前を出してみた。

「ねえ、木辺さん。北岡さんのことなんだけど…」

けれどその途端、それまで俺を傍らに置いて雑誌を広げていた木辺さんはムスッとした顔になってしまった。

「あいつに興味は持つなって言っただろ」

最初から不機嫌な口調。

「作家としてだよ、本人じゃなくて作品を読むだけ。あの人の書く話が嫌いなのかな、って思ったから」

と取り繕ってもダメ。

「別に、他人の書くものに興味なんか持たねぇよ」

「読んだことないの?」

そういえば、北岡さんも今回の木辺さんの本を読んでないって言ってたっけ。作家の知り合い同士ってそんなものなのかな。

それともこの二人の間だけ？

「二、三冊は読んだが、好きじゃない」

「そうなの？」

「もうあいつの話なんかするな、その口塞《ふさ》ぐぞ」

「そんなに怒らなくても…」

木辺さんはフン、と鼻を鳴らして視線を雑誌に戻した。

「怒ってるわけじゃない、心配してるんだ。お前はバカだから」

「何それ」

「あいつは口が巧《うま》いからな、騙《だま》されて痛い目見ても知らないぞ」

「もう…」

「お前は可愛いんだから、無防備にしてるなよ」

「まだ言ってる」

「俺は今日中にこいつを読まなきゃならないんだから、少し黙ってろ」

「はい、はい」

探りを入れるどころじゃない。

結局、何も聞き出すことはできなかった。

ぐるぐると回ってばかりの日々。

そうしてあっという間に時間だけが過ぎていった。


そんな重たい日々に終わりが見えて来たのは、一カ月以上も経ってからのことだ。

「中澤、北岡さんのゲラと装丁、さっき届いてたぞ」

会社に出勤すると、先輩がそう言って俺のデスクを指さした。

「え、本当ですか」

「デザイナーが、次の仕事が繰り上がりになったとかで送っちゃっていいかって、昨夜《ゆうべ》電話があったんだ」

「そんなことあるんですね、仕事が遅くなることはあっても早くなることなんてないと思ってたのに」

「はは…、次の仕事のヤツに感謝するんだな」

本当だ。

これを北岡さんのところへ持ってって、彼のＯＫが取れれば、雑誌の締め切りである来月までは顔を合わさずに済む。

だからって問題が消えるわけではないのだが、暫く考えなくていいというのは魅力だった。

一カ月も猶予があれば何か突破口が見つかるかも知れないではないか。

「じゃあ今日にでも北岡さんとこ見せに行くかな」

「原稿は上がりものだし、文句の少ない先生だし、楽な仕事だったな、中澤」

「そんなことないですよ、色々あるんですから」

「へえ、色々ねえ」

誰にも言えない悩みだから、今も言えないんだけど。

俺は早速電話を取ると北岡さんに電話を入れた。

「あ、もしもし北岡先生ですか？　『エルム』の中澤です」

受話器の向こうからは北岡さんの明るい声が響く。

『おう、中澤弟、早いね』

「一般的にはそうでもないんですけどね」

『この業界じゃ早いよ。それで？　何か用？』

「はい、実は単行本の装丁が上がったものですから、今日にも見ていただこうかと」

北岡さんは何故か、一瞬言葉に詰まった。

「あの…、もしご都合が悪ければ後日でも構わないのですが…」

気を遣ってそう言うと、相手はすぐに返事をくれた。

『いや、いいよ。丁度私も君に話があったんだ。夕方くらいでどうかな』

「あの…、本当にお忙しいようなら別の日でも」

『いいよ。こっちも早く確かめたかったんだ』

何だろう、どうもいつもと様子が違う。

「わかりました。では本日五時でどうでしょう」

『わかった、五時に。待ってるからね』

「はい」

だが、自分も早くＯＫを取ってしまいたかったし、北岡さんもそのつもりだったのなら丁度いい。

俺は電話を切ると思い立って一旦席を外した。

「あ、北岡先生ＯＫだったんで、午後に出ます」

作業してる先輩に一応伝えてから廊下へ出る。

まだ早い時間なのでうろうろする人もいない。

なのに俺は更に人目を避けるように端まで歩いて行ってから自分の携帯を取り出した。私用の電話はデスクでかけるわけにいかないから。

ボタンを押し、かける相手は木辺さんだ。

「あ、もしもし、木辺さん？」

小さな電話の向こうからは、まだ眠そうな声が響く。

『貴？　何だ、こんな早く』

さっきの北岡さんとは正反対だ。こういうところも二人が合わない所以《ゆえん》なんだろうか。

「あのさ、今日は暇？」

『まあ暇って言っちゃ暇だが…』

「仕事終わったらまっすぐそっち行っていい？」

『何だよ、積極的だな』

声が笑う。

それだけでちょっと心が浮き立つ。

「そういうのじゃないけど、ただ仕事が一つ区切りがつくから、ゆっくり木辺さんの顔見たいと思って」

『俺は大歓迎だぜ。泊まってってくれるならなお結構だがな』

「うん、泊まれると思う。明日休みだし」

自分の思ったことをすぐに口に出せなかったから、両想いだったのに恋人になるのには時間がかかってしまった。

そんな勿体《もったい》ないことを繰り返す気はないから、素直に俺は言った。

「木辺さんと一緒にいたいんだ。もし仕事があったとしても」

『…急ぎの仕事はねえよ。…何時頃来る?』

五時に北岡さんのところだから、戻って印刷所にゲラ戻すとしたら…。

「九時過ぎになると思うけど」

『わかった。それまでにこっちも一段落付けとくよ。一緒にメシでも食おう』

「うん、じゃ夜にね」

我ながらゲンキンだとは思うのだけれど、やっと少し肩の荷が下りるかと思うと彼の顔が見たくて仕方がなかった。

今夜はゆっくり二人で食事をしながら話ができる。

北岡さんのことは一旦横へ置いて、今日だけは木辺さんとの時間を堪能しよう。

二人の関係を考えるのはまた後でもいい。

「まずは北岡さんのOKを取ってからだな」

俺は携帯をポケットへ戻すと、浮かんだ笑顔を隠せぬまま自分のデスクへ戻った。

今日はいい日になりそうだな、と思いながら。

インターフォンで北岡《きたおか》さんを呼び出し、カギを開けてもらって訪れる部屋。

ここのところ打ち合わせは長引かないように、なるべく外で会うようにしていたのだが、時間の確認を取るために電話をすると、どうしても家の方へ来て欲しいと頼まれたのだ。

そんなことは今まで一度もなかった。

いつだって、こちらに対する要求の薄い人だった。

なのに珍しく『どうしても』と言うものだから、諦《あきら》めて部屋を訪れたのだ。

「よく来たね」

しかもドアを開けてくれた時から、何だか様子が変だった。

「遅くなりまして。あ、これお土産《みやげ》です」

自分もいい気分だったし、北岡さんにもいい気分になってもらってＯＫを取りたかったから、有名店の菓子を買って来たのだが、彼はそれを受け取るだけ受け取ってさっさとキッチンに置きに行ってしまった。

別に食べたかったわけじゃないけれど、普通はお持たせで出してくれるものなのに、この礼儀正しそうな人がそれをしないのは何だか違和感があった。

「あの…、何かお忙しいことでも?」

「いや、別に。まあ座ってくれ、コーヒーでも淹《い》れるから」

「そんなお気遣いなく」

言いながらふっとリビングのテーブルへ目をやると、そこにある物にギクリとした。

本だ。

白いカヴァーに青い睡蓮《すいれん》の花のイラスト、その下には銀の箔押《はくお》しでタイトル。

『睡蓮の恋』だ。

木辺《きべ》さんのあの本だ。

どうしてここにあの本が?

北岡さんはこれを読んだのだろうか?

「はい、おまちどおさま」

「あ、ありがとうございます」

コーヒーのカップを置いた彼が、俺《おれ》の視線の先をチラッと見る。

「木辺の本だよ」

どうしよう。

来たばかりで『時間がない』は通用しない。

渡してある進行表よりも早いチェックだから、仕事が押してるとも言えない。

「君は読んでなかったんだっけ」

「…はい」

不自然に目を逸《そ》らしコーヒーを手に取る。

「私は読んだよ。内容、聞いてるかい？」

「…いいえ」

逃げられない。

「一人の男が幼なじみの女性をずっと想い続けるという話だった。蓮の花の種は千年経っても芽吹いて花を咲かす、それになぞらえたタイトルというわけだ」

「はあ」

「興味深いのは、中で描かれている女性のことだった」

「私は読んでないもので…」

「幼い頃から共に過ごして来た相手の女性は、聡明でありながらどこか子供っぽく、主人公が挫折《ざせつ》した時もずっと側にいた」

聞きたくない。

聞いたら顔に出てしまう。

でも『止《や》めろ』とも言えない。

「北岡先生、それよりも先生の本の装丁の方を…」

「挫折した主人公っていうのは、木辺のことだと思わないかい?」

「さあ…」

「中澤《なかざわ》弟は、木辺とも仲がいいんだろう?」

「それはまあ…、兄の親友ですし」

「兄の親友か。…彼がケガで水泳を止めたことは知ってる?」

どうしよう、嘘《うそ》がつけない。

「それくらいは」

「主人公は陸上の選手なんだが、階段から落ちて大きな大会をリタイアするんだ。それもまた木辺に似てるな」

「…ですね」

「その時、病院へ来た相手の女性は階段から落ちてよかったと漏《も》らすんだ。『あなたが遠いところへ行かないでよかった』という意味なんだが、その時は主人公は気づかずに、彼女が自分を嫌ってると思い込み、別れてしまう」

もう…、木辺さんってば、そのまんまじゃないか。

「だがやがて戻って来た彼は想いに耐え兼ねて、女性に告白するんだ。ずっとお前が好きだった、お前が俺を好きでなくともってね」

「じ…、情熱的ですね」

「情熱的か、そうだな。中澤弟はどう思う？」

「は？」

「そんなふうに言われて嬉《うれ》しいものかね。幼なじみなんて、馴《な》れ合いの延長なだけだろう？恋愛感情とは違うと思わないか？」

「人それぞれですから、そう思わない人もいればそう思う人もいるんじゃないですか？」

何でそんなことを俺に聞くんですか。

答えたくないのに。

「やがて二人は誤解に気づき結ばれる。この部分の描写は木辺には珍しくとても官能的だ。まるで相手がそこにいるかのように写実で、美しい」

…何書いてんだよ、木辺さんっ！

「そうなんですか？」

と思わず確かめたくなっちゃうじゃないか。

「読んでみるといい。それとも、君には読めないかな？」

「…え？」

俺はハッとして顔を上げた。

「木辺の書く小説はいつも自分をモデルにしたものだ。そうでなくとも、自分が感じたことを人物に語らせるタイプの私小説だ。私は、この話にもモデルがいると思う」

北岡さんの顔には笑顔があった。

けれどいつもの優しげな顔とは違う。

何だかもっと怖いような、固まった笑顔だ。

「主人公が木辺なら、相手の女性は誰だと思う？」

この人…、まさか…。

「さ…あ、私にはちょっと…。読んでないものですから」

「読まなくたって、君ならわかるんじゃないのか？」

まさか、俺がモデルだって気づいたんだろうか。

いや、そんなはずはない。

だって、作中の恋人は『女性』と書いてあるというんだから。

「私は…、私は実は木辺さんとはそんなに親しくないんです。あの方は兄の親友なので」

俺はプレッシャーに負けて嘘をついた。

だが彼はそれでも会話を終わらせようとはしなかった。

それどころか立ち上がってテーブルを回ると、俺の隣に腰を下ろした。

スプリングの良いソファが彼の重みで傾く。

「私は、中澤弟は可愛《かわい》いと思うな」

頭の中に木辺さんの言葉がぐるぐると回った。

近づくな、親しくするな、あいつはホモだ、という言葉が。

「男に可愛いはおかしいですよ」

今ならそれが正しいと思えてしまう。

この人の目に、危険を感じる。

「かも知れない。でもそう思っていけないことはないだろう？　たとえば、私ならこの女性が君であってもいいと思うよ」

「北岡先生」

「そうだろう？　だって、君の方がずっと可愛い。聡明で、控えめで、男であっても愛《いと》しいと思うことができそうなタイプだ」

「止めてください、冗談がキツイですよ」

「冗談？　私は本気で言ってるんだが？」

やっぱり、この人は気づいてしまったんだ。

この中に書かれていることが、俺と木辺さんの話だってことに。

そして、それをからかいのネタにするのではなく、もっと別の理由にしようとしている。

それはとても危ない考えのように思えた。

「中澤くん、君はこの後予定は？」

「先生に装丁を見ていただいたら一度社に戻りませんと…」

「でも私がちょっと問題があると言えば、打ち合わせとして時間は取れるね？」

「それはそうですが、できれば早めに…」

手が伸びる。

北岡さんの大きな手が、俺の手首を握る。

「何するんですか」

「ちょっとだけ、ちょっとだけだよ。別に変なことをするわけじゃない」

「変なことって、いきなり手を摑《つか》むのは十分に変なことです」

「少しの間我慢してくれればいいんだ」

「我慢って…」

北岡さんは、言うなり俺を引き寄せた。

「…あ！」

驚く間もあらばこそ、だ。

俺の身体は簡単に北岡さんの胸に収まったかと思うと、次の瞬間身体をずらした彼と、ソファの背もたれの間に俯《うつぶ》せに倒された。

「北岡さんっ！」

怖い。

この人は自分よりも体格がよく、スポーツをやっていた人だった。いや、今だってジムか何かに通っているだろう。

それがわかるくらい力が強い。

「止めてください！」

「おとなしくしてればすぐに終わるよ」

「止めて！」

それでも、まだどこかで信じていた。

この人が自分に興味を持つわけがない。たとえホモセクシャルの人だとしても、自分なんかを相手にするはずがない、と。

けれどそんな考えはあっさりと覆《くつがえ》されてしまった。

「止めて…っ！」

背中に膝《ひざ》を置かれ、動けないようにしてから彼が俺のスーツの裾《すそ》を捲《めく》る。

「離して！」

乱暴にシャツを摑み、ズボンから引き出すと、それを一気に捲り上げた。

背中に触れる指。

丹念に、ゆっくりと滑る感触。

ゾクリとした。

快感なんかじゃない、寒気だ。

「何してるんですか！」

嫌悪感に鳥肌が立った。

「君が木辺の恋人だろう？」

「違います！」

否定したくはなかった。

「君が木辺の恋人なんだ！」

でもここで否定しなければ、何かされそうな気がして、俺は必死に否定した。

「違う！」

彼は、木辺さんに意趣返しするためだけに俺を襲おうとしているのかも知れない。

それがわかっていたから、きっと木辺さんは親しくするなと言ったのだ。

俺を好きになるはずがないなんて関係ない。俺が好きであろうとなかろうと、この人にはどうでもいいことなんだ。

ただ、彼の持ち物を傷つけて、彼を傷つけたいと思っているだけなんだ。

兄が口ごもっていたのも、きっとそれに違いない。

友人ではあるけれど、親しくはあるけれど、木辺さんのこととなると、彼が豹変《ひょうへん》するだろうって、わかってたんだ。

「…ない」

彼の指が肩甲骨を撫《な》でる。

「止めて…！」

上着とシャツをたくし上げ、まるでTシャツを脱がすように首元へ寄せる。

そしてズボンのベルトの部分にも手がかかった。

その瞬間が我慢の限界だった。

「止めろっ！」

大切な仕事相手でも、兄さんの友人でも関係ない。

俺は絶対に木辺さん以外の人間に変なことをされたいと思わない。

それまで多少はセーブしていた力を一気に解放し、俺は肩から彼に当たっていった。

「おっと…」

バランスを崩して北岡さんの身体が揺れる。

そこへもう一度不自由な体勢からではあったけれど、体当たりをかました。

「わ…ッ、ッ」

仰向けに彼がテーブルの上へ倒れ込み、そこにあったコーヒーのカップが割れる音がする。

破片とコーヒーの飛沫《ひまつ》が絨毯《じゅうたん》に飛び散る。

「中澤くん！」

これで彼がケガをしたとしても、謝る気なんか全然なかった。

「触るなっ！」

言いたいことは山ほどあったけど、みっともなく倒れた彼に浴びせる言葉もなかった。

ただ早くここから逃げたい。

この人の手の届かないところに行きたい。

そう思って、俺はそのまま北岡さんに背を向けると、唇を噛《か》み締めて部屋から飛び出した。

「中澤くん！」

追って来る声が耳に届くことさえ嫌だ。

「中澤くん…！」

酷《ひど》い。

どうしてあんな人を安全だと思っていたんだろう。

木辺さんのが正しかったんだ。

俺はちゃんと最初から彼に全てを話しておくべきだった。

「…クソッ」

泣きたいほど悔しくて、情けなくて、それでも泣くわけになんかいかなくて、俺は唇を噛み締めたまま走り続けた。

エレベーターで一階に降り、後ろも見ずに更に走る。

大通りでタクシーを停《と》めて中へ飛び込んでも。

「△△町の二丁目まで」

と目的地を一言だけ告げ、またずっと泣きたい気持ちを我慢した。

だって俺が悪いから。

木辺さんに隠し事をして、彼を信じなかった俺が悪いから。

泣く前にするべきことがあると、思ったから…。

夕暮れの街並み。

一言も口をきかず俯《うつむ》いたままの俺を訝《いぶか》しむタクシーの運転手に金を渡して、黙ったまま車を降りる。

詳しい場所の説明ができなかったから、そこはまだ木辺さんの家からは離れた場所だった。

でもその方がいい。

走って、身体を動かしている方がまだ気が楽になる。

走って、走って…。

行き交う人に変な目で見られても走り続けて、やっと見慣れた家の玄関を見た瞬間に目頭が熱くなる。

「木辺さんっ！」

俺は勢いよく玄関の扉を開け、靴を脱ぐのももどかしく家の中に上がった。

「木辺さん！」

名前を叫びながら奥の部屋へ進む。

いつもいるはずの座敷の襖《ふすま》を開けても、そこに彼の姿はなかった。

それがまた涙を誘うから、もう一度彼の名を叫んだ。

「木辺さん！」

「貴《たかし》？」

やっと応える声がして振り向く。

廊下の奥、驚いた顔で現れた人の顔に、我慢がきかなくなる。

この人の胸では、泣いてもいいんだ。

自分は彼のもので、彼は自分のものなのだから。

俺はぎゅっと握っていた拳を開き、飛びつくように彼に抱きついた。

「どうした」

「…ごめんなさい」

でも泣く前に、言わなければならないことがある。

「ごめんなさい、俺…、もっとちゃんと木辺さんのいうこと聞けばよかった…」

「どういうことだ、何があった？」

逞《たくま》しい腕が俺を引き剝《は》がす。

目の前にある恋人の顔に、力が抜けて涙が零《こぼ》れる。

「北岡さん…」

「北岡？　あいつがどうした」

「俺…、あの人の担当になったんだ…」

「何だって？　あいつには近づくなって…」

「言われてた。言われてたのに、仕事だからって、俺、引き受けちゃったんだ。もう一カ月以上も前に…」

「…それで？」

声のトーンが少し下がる。

ああ、そうだよな、あんなに言われてたのに。怒って当然だ。

「あの人と会って、そんな変な人に見えないから、安心してた…。あの人、小説のモデルが俺だって気づいて…、俺が木辺さんの恋人だって…。そしたら…」

「襲われたのか？」

こくりと無言で頷《うなず》く。

その瞬間、その胸から引き剝がした腕が、俺を強く抱いた。

「あのヤロウ…！」

「ごめんなさい…、ごめんなさい。俺がもっとちゃんとしてれば…」

抱き締めるために回った腕が、北岡さんに引っ張り出されたまま直すことを忘れていた俺の背中のワイシャツに触れた。

「…ブチ殺してやる」

「木辺さん…！」

「ここで待ってろ、あいつの家に行って、ブン殴ってやる」

「待って！　そんなのダメ！」

「自分の恋人に手ぇ出されて我慢できるほど、俺は人間ができてねぇよ！」

「でもそんなことしたら、木辺さんが悪者になっちゃう！」

俺は必死になって彼にしがみついた。

怒って欲しかったんじゃない。

あの男の酷い仕打ちは悔しいけれど、それで彼が北岡を殴ったりしたら、暴力を振るった彼の方が悪者になってしまう。

せっかく作家として復帰したのに、映画の話だって決まったのに。

俺なんかのためにそれを全部棒に振るなんてして欲しくない。

「離せ」

「ダメ、ここにいて。俺が大切なら、北岡さんを殴るより俺の側にいて！」

「…貴」

木辺さんはもう一度俺を抱き締めて、激しく口付けた。

「ん…」

背が折れるほど強く、覆い被さってキスをした。

「…っ、ん…」

舌が暴れ回り、閉じられなくなった唇の端から唾液《だえき》が零れる。

こんなキス、されたことない。

こめかみのあたりがじんじんして全身の力が抜けてしまう。

なのに彼は離れようとはせず、そのまま廊下に頽《くずお》れる俺の腕を取ったままキスを続けた。

怒ってるんだ。

火が点いたような怒りが、この激しさを呼んでるんだ。

彼に、怒って欲しくなんかないと思ったクセに、それほどに自分を思ってくれることが嬉しいと感じてしまう。

「ふ…っ」

やっとその熱い唇が離れたのは、玄関先に車の停まった気配を感じたからだった。

膝をついたまま、彼の腕だけで支えられた格好で俺も顔をそちらへ向ける。

「…んで私が」

「いいから、早くしろっ！」

男二人の声。

一人は兄さんの声だ。

「嫌だって」

「聞く耳持つか！　ばか！」

けれどもう一人は…。

俺は身体を硬くして木辺さんを見上げた。

玄関を睨《にら》む彼の表情は襲いかかる獣のように険しくなっている。

「…だめ！」

引き留めようともう一度彼に抱きついたけれど、無駄だった。

「木辺！　入るぞ！」

ガラリと音を立てて開く扉。

入って来た兄と、その後ろに立つ男を見た瞬間に彼が俺から離れて行く。

「木辺さんっ！」

兄に腕を掴まれてそこに立っている男にすごい早さで飛びかかる。

「北岡！　てめぇっ！」

「止めてぇ！」

どうしてだかわからないけれど、兄さんが連れて来たのは北岡さんだった。

俺がタクシーを降りて走って来た時間があったにしても、あまりにも早い到着だ。

「兄さん！　止めて！」

しかも俺のその願いを、兄は却下した。

「文句は言わせねぇぞ！」

そして木辺さんの怒りを優先させた。

「許す。殴れ」

逃げようとする北岡さんの襟首《えりくび》を摑んで、木辺さんのパンチが炸裂《さくれつ》する。

体格の悪くない北岡さんの身体は玄関の壁に向かって思いっきり吹っ飛んだ。

なのに兄さんは腕を組んだままそこへ立ち、二人の様子を冷ややかに見守っているだけだ。

俺は慌てて廊下を這《は》い進み、二人を止めようとした。

「貴、動くな」

「でも…！」

「北岡が悪いんだからいいんだ」

「違うだろ、全部悪いのは木辺じゃないか！」

殴られて口を切ったらしく、袖口《そでぐち》で唇を拭《ぬぐ》いながら北岡さんが反論する。

「何だと？」

それがまた彼の怒りを呼んで、平手が飛んだ。北岡さんは、今度は床へ向かって飛ばされてしまった。

「木辺さんっ！」

「人の恋人強姦《ごうかん》しといて何言ってやがる！」

「誰がお前の恋人なんだか、ハッキリ言ってみろ！」

「何間の抜けたことぬかしてんだよ！　俺の恋人が貴だって知って、嫌がらせのためだけに強姦したんだろうが！」

木辺さんのその宣言を受けて北岡さんが見せた表情は、この場にはそぐわないものだった。今の今までケンカは受けて立つというような睨みつける顔をしていたのに、今は驚いたように目を丸くし、ぽかんと口を開けているのだ。

「だから言っただろう。この大ばか者が」

そしてどうしてだか、憮然《ぶぜん》としたまま偉そうに兄さんが言った。

「木辺はずっと昔から貴に惚《ほ》れてるんだ」

既に北岡さんは知っているはずのことを、もし知らないのならば絶対に口にしてはいけないはずのことを。

　まるで答え合わせをする先生のように…。


『やっと触れることのできる肌。今まで手が届かないと思っていたものがそこにある。

内海《うつみ》は冴子《さえこ》に指を伸ばした。

「俺を見上げる真っ黒な瞳が忘れられなかった。まるで子犬のように可愛いと思ってた」

内海が語る告白に、冴子の目が潤む。

けれど彼女は何も返事はしなかった。

これから二人の間に行われることがわかっているのだろう。そしてそのせいで緊張し、唇さえ強ばっているのだ。

「お前と距離をおこうと思った時期が無駄だったな。お前も同じ気持ちだったなんて」

知らなかったから、自分は彼女を一人アメリカへやってしまった。

あの時に引き留めていればこの時間はもっと早くに迎えられたのに。

「昼間なら…、もう少し理性的なんだが…」

「いいえ、昼でも夜でも。…止めないで」

睫毛《まつげ》を震わせながらやっと言ったその一言で、彼の理性は終わった。

そっと押し倒す細い身体。

ちょっとでも余計な力を入れれば折れてしまいそうで、大切に扱わなければならないと思うのに、欲望を抑えることは難しかった。

服を脱がせ、露《あらわ》になった彼女の背には三つ並んだホクロがあった。

内海はそこにそれがあることをとうに知っていた。

まだ二人が幼く、男女の区別なく扱われていた頃に、そのホクロを見たことがあったのだ。

そして長じるにしたがってその三つボクロは彼にとって手の届かない星になっていた。

だが今やその星も自分のものだ。

「逃げるなよ…」

言いながら彼はその星に口づける。

「あ…」

耳には彼女の吐息が、唇には彼女のみじろぎが伝わった』

俺は初めて、『睡蓮の恋』を読んだ。

それはあからさまなほど自分と木辺さんの恋愛物語で、事実俺達が口にしたセリフが幾つも多少手を加えてはあるもののそのまま載っていた。

彼が俺の目が柴犬《しばいぬ》のようだと言ったことでさえ書いてある。

ただ幾つかの大きな違いはあった。

たとえば主人公の男『内海』と恋人の『冴子』が同じ歳だということ。

冴子への気持ちに気づきながらも、ケガをして陸上選手としての未来をなくした内海が恋人から離れると、彼女がアメリカへ行くこと。

そして何より、俺だけがわかることなのだが、作中冴子の身体に対する描写が全て俺のものではなく、かと言って空想の女性のものでもないことだった。

「これ…」

俺は恋人の女性の背中にある三つボクロの件《くだり》を読むと、そこに並んで座っている年上の三人の顔を順番に眺めた。

だって、俺は知っている。

背中に並んだ星のような三つのホクロを持っているのは、至兄さんなのだ。

「兄さん？」

座敷で俺の裁定を待つように正座していた三人の中、中央に座る兄がメガネを指で押し上げながら『甚だ遺憾だ』という顔をする。

「そうだ、そこに書いてあるのは俺だ」

その兄の右側では北岡さんが、左側では木辺さんが、それぞれ項垂《うなだ》れて兄の言葉を聞いている。

どうして？

何で二人はそんな申し訳なさそうなの？

何で兄さんはそんなに偉そうなの？

何で小説のモデルが兄さんに変わってるの？

問いかける俺の視線を受けて、たった一人だけ顔を上げていた兄がコホンと小さく咳払《せきばら》いをした。

「貴、お前はこの木辺のバカが私小説しか書けないって知ってるな？」

「…うん」

「つまり、明確なモデルがいないと一本も書けない」

「でも今はオリジナルを書いてるって…」

だが兄はその言葉を簡単に流した。

「今のことはどうでもいいんだ。とにかく、俺がその『睡蓮の恋』の原稿を見せられた時、俺はこのバカを二発殴った」

「どうして！」

「あまりにもそのままだったからだ」

つまり、兄さんの話はこうだった。

『睡蓮の恋』は本を出すに当たって書き下ろしたものではなく、恋愛が成就《じょうじゅ》する前までの件はとっくの昔に書き上がっていたのだ。

まるで日記のように、ラブレターのように。

書き溜めて、書き溜めて、あまりにも現実とリンクしているがために発表ができなくて、そのままお蔵入りにしていたものだった。

それにのめり込み過ぎて、彼は筆を折ったのだ。

つまり、まだ恋愛が成就する前に俺に気持ちがバレるのを恐れて。

しかし恋愛は成り立った。

木辺さんは改めて最後の部分を書き足し、それを一本の恋愛小説、『睡蓮の恋』として完結させたのだ。

だが、それを発表前に『出していいものか』と見せられた兄は頭を抱えた。

こんなもの、自分達の関係を知っている者なら誰でも『木辺と貴だ』とわかるに決まっている。

お前なんかどうなったっていいが、可愛い弟を好奇の目に晒《さら》させるわけにはいかない。

そこで兄の検閲が始まったのだ。

恋人役の女性の姉（元々の原稿ではいたらしい）を削除し、年齢を上げ、容姿の描写も変えさせた。

けれどモデルを頭において書く木辺さんのスタイルでは、気持ちが入れば入るほど実体のない人間を描くことなどできない。

そこでやむなく兄は自分を描けと命令したのだ。

二人は学生時代からずっと水泳をやっていて、裸なんぞ見慣れている。

しかもその…、水泳パンツの中で見ることのなかった女性と男性の違ってる部分に関しては描写する必要はない。

だから兄さん達は俺にこれを読ませなかったのだ。

「変にお前に誤解されても困るし、俺がチェックした部分以外は全部そのままで、お前が恥ずかしがると思ったからな。まったく、木辺に想像力ってものがもっとあれば、こんなみっともない真似しなくて済んだのに」

木辺さんはその言葉にふてくされたように横を向いた。

なるほど、これが今彼より兄が優位な理由か。

果たして、兄の心遣いは成功したかのように思えた。

兄の裸を見た人間なんて業界にはそういないし、俺は言うことを聞いて本を読まずにいたのだから。

けれど北岡さんがいた。

木辺さんのことが嫌いで、彼の本を読まないはずの北岡さんが。

彼は兄と同じプールで泳いだことがあるのだから、きっとどこかでその背中に三つ並んだホクロがあることぐらい気づいただろう。

「でもどうして、北岡さんは木辺さんの本を読む気になったんです？　木辺さんの本は読まないって…」

俺の言葉に頬《ほお》を腫《は》らした北岡さんが顔を上げる。

「友人から…、内容を聞いたんだ。木辺の新作は幼なじみの恋愛だって。しかも恋人の女はアメリカへ行くって」

「でもだからって…」

「私にはそれだけでわかった。きっとその恋人は至《たもつ》に違いないって。こいつらが幼なじみだっていうのは知ってたし、至がアメリカ留学したのも知っていたから。そう思ったら自分の目で確かめずにいられなかった。それが単に幼なじみの友情を恋愛に置き換えたものなのか、本当にあった恋愛を書いているのか」

「それ…で？」

「細やかな感情描写ですぐにわかったよ。木辺がその『相手』に惚れて書いたものだって」

「…うるせえな」

「仕方ないだろう、お前が世の中に発表したものなんだから。読んだのは私だけじゃないんだぞ、何十万部も売れたんなら、その数だけ他人が読んだんだ」

その言葉には俺が赤面してしまう。

そうだよな、俺のあんなことやこんなことを、他人が知ってしまったんだ。

現実の俺と重ね合わせる人はいないにしても。

「…ホクロの件を読んだ時、木辺と至は寝たんだと思った」

「俺がこんなバカ相手にするわけはないだろう」

「私だってすぐには信じられなかったさ！　…だから他に候補はいないか考えてみた。木辺が子供の頃から側にいて、恋愛対象になりそうな人間は誰だって、それで思いついたのが中澤弟だった。中澤の弟なら、きっと子供の頃から一緒だろう。それに兄弟なら同じ場所にホクロがあるかも知れない、そう思って…」

「お前は俺の弟を押し倒して服を脱がせたんだな？」

「脱がすなんて…、ちょっと背中を捲っただけじゃないか」

そう言えば…。

北岡さんは俺の背中を丹念に見ていた。

それに『ない』って言ってなかったか？

あれは俺の背中にホクロが『ない』ってことだったのか。

「捲っただけってことはないだろう！　貴は泣きながらウチに飛び込んで来たんだぞ！」

「本当だ！　何で私が中澤の弟を襲わなきゃならない」

「だってお前ホモだろうが」

「それで言うならお前だってそうだろう」

「俺は貴が好きなだけだ」

「奇麗事を言うな、貴くんが男なら、お前はホモなんだよ」

「何だと！」

二人が向き合って立ち上がりかけたところで、止めがはいる。

「はい、そこまで」

の兄の声に、彼等は渋々とまた浮かせていた腰を下ろした。

「どっちも本当のことだろう。北岡は男性を相手にするし、木辺は男を好きなんだ。両方ともホモだ」

ショックも受けていた。

驚いたり泣いたりした。

けれどこの様子を見ていると、何だか別の感情が湧いて来る。

こんな時に言っていいのかどうかわからないが、二人とも子供みたいでとても可愛かった。

「貴」

「はい」

「お前、北岡に何をされたんだ？　ハッキリ言いなさい」

「突然腕を引っ張られて、ソファに俯せに押し倒されて…」

「それから？」

「上着とシャツを捲られて、背中を触られた」

「それから？」

「…それだけ」

「それだけ？」

聞いたのは木辺さんだった。

「…うん。それが嫌だったから、彼を突き飛ばして逃げて来た」

「そうだ、私はコーヒーカップの上に突き倒されたんだぞ」

「お前は自業自得、何も言う権利はない」

北岡さんの不満はピシャリと兄に押さえ付けられたが、木辺さんは呆《あき》れたという顔で俺を見た。

「お前…、シャツ捲られただけであんなに泣いてたのか?」

「だって、押し倒されたんだよ。普通に『シャツ捲るぞ』って言われてされたんなら俺だってショックじゃなかったよ。でも北岡さんは突然襲いかかって来て…」

あの時のことを思い出すと、浮かびかかって来た笑みも消える。

「…本当に怖かったんだ」

「だが…」

「黙ってろ。お前達ケダモノ二匹が考えるより貴はずっと純粋なんだ。それに、説明なく信用してた人間に襲われてみろ、驚いたり脅えたりするのは当然だ」

兄さんだけは、俺の気持ちをわかってくれたのか、ずいっと前へ出るとそっと手を握ってくれた。

「とにかく、お前達はそれぞれあまりにもバカ過ぎて話にならん。二人とも、貴に謝れ」

「ちょっと待てよ」

上手《うま》くまとまりかけていたところに木辺さんが水を挿す。

「大体のことはわかった。だがどうして北岡のバカはモデルが至かどうかを確かめなけりゃならなかったんだ」

その言葉に目の前の兄の顔が引きつる。

でもどうして兄さんの顔が…？

当の北岡さんは完全にまた木辺さんに向き直って臨戦態勢だ。

「別にモデルが貴だろうが至だろうが、こいつには関係ないだろう」

「大ありだ。貴くんなら別にかまわないが至だったら…」

「至だったら何だよ」

「至だったら俺がお前を殴る」

「何で俺がお前に殴られなきゃならないんだ」

「お前が貴くんのことで俺を殴ったんなら、俺も至のことでお前を殴る権利がある！」

「はァ？」

「俺は至が好きなんだ！」

「ハア？」

「え…、兄さん？」

兄は、苦虫を噛み潰《つぶ》したような顔で、またメガネを直した。

「間違えるなよ、俺は別にお前達のように恋人ってわけじゃない。このバカの一方的な片想いなんだから」

「じゃ、本当に…」

後ろを振り向かず長く吐くため息。

「ああ、大学の時からずっと言い寄られてる」

「お前、そんなこと俺に一言も言わなかったじゃないか！」

「どうして俺が木辺にそんなこと報告しなきゃならないんだ」

「う…、それはそうだが」

「違うよ！」

そうか、それでわかった。

「貴？」

「兄さんはそのことをちゃんと木辺さんに言わなきゃならなかったんだ！」

やっと、全部が見えた気がした。

「兄さんは言ったじゃないか、北岡さんが木辺さんを嫌ってるのは誤解があるからだって。俺だって兄さんと木辺さんは恋人じゃないかって思ってた頃があったんだから、北岡さんもそう誤解したんだ、そうでしょう？」

「…ああ、いつも至の側にいるこの男は気に入らなかったな。ヘタレのクセに至に甘えてばかりいて」

「誰がヘタレだ！　お前こそ俺達の回りをウロウロしちゃあ俺にガンくれやがって」

「兄さんはその原因を知っていながら、黙ってたんだ。一言木辺さんに北岡さんから告白されたんだって、北岡さんには恋人じゃないって言えば終わったのに」

北岡さんは兄さんが好きだから、兄さんの側にいる木辺さんに嫉妬《しっと》した。でもそれを木辺さんには言えないから、彼に突っ掛かって行った。

詳しいことはわからないけれど、きっとそうだったに違いない。

そして、俺は知っている。

兄さんが嫌いな人間に言い寄られたまま、そんな人と付き合ったりするタイプの人間じゃないってことを。

…ってことは。

「わかった、俺も悪かった。それは認めよう。だが謝るのはお前にだけだ。すまなかったな、貴」

謝罪の言葉を口にはしているが、メガネ越しに俺を見る視線の中には『余計なことは言うなよ』という光が宿っている。

「まあいい。これで全部わかっただろう。俺は木辺の恋人じゃない。木辺の恋人は弟の貴だ。そして北岡がバカをやった理由は、バカだったからだ」

「兄さん」

「とにかく、二度と北岡のバカにはこんな真似はさせないし、よーく反省させる。木辺も、シャツを捲っただけのこいつを思いきり二発も殴れたんだからもう文句はないだろう」

「至、お前こいつと…」

「いいか、木辺。俺はお前達の恋愛が成就した時、口を出さなかった。だからお前も俺のプライベートな話に首を突っ込むようなことはするなよ、そしてもう一つ、俺と北岡とは『友人』だ」

それ以上言うことはないというように、兄さんはすっくと立ち上がると、まだ正座している北岡さんの服の襟首を掴んで引き立たせた。

「ほら、帰るぞ」

「ああ、うん」

「貴に言葉は？」

兄に言われて北岡さんがこちらに向かって頭を下げる。

「…ごめんね、貴くん。もう二度とあんなことはしないからね」

「あ、いえ…とんでもない。…あ！」

「何？」

「いえ、あの、先生の家に装丁のゲラを…」

その言葉にはまた兄が応えた。

「会社の方にはこいつに電話を入れさせる。北岡の都合でお前を引き留めたってな。それとも急ぎか？」

「ううん、月曜でも間に合うけど…」

「じゃ、月曜に編集部に持って行かせるよ」

「…うん」

「至、今夜は…」

「うるさい、黙ってろ」

兄さんはそのまま、まるでチンピラをつまみ出す警察官のように北岡さんをずるずると玄関まで引っ張って行った。

「どうせ今夜はここへ泊まるだろう。母さん達には適当に言っておいてやるからな」

優しいはずのその言葉も、まるで『だから俺達のことは追及するな』と言ってるように聞こえる。

だって、北岡さんは兄さんに従順だし、兄さんは彼を離さないし。

言い寄られるのが嫌ならとっくに縁を切ってるはずなのに、未だにそうしてないってことは…。

ひょっとして、一番悪かったのは兄さんだったんじゃないんだろうか、という疑問を残しつつ、兄は北岡さんと共に帰って行ってしまった。

内容まではわからないけれど、北岡さんと睦まじい痴話ゲンカをしながら。

「…俺はあいつと長い付き合いだけどよ」

背後から俺の肩に手を置いて木辺さんがポツリと言った。

「あいつが男に言い寄られてたってのは初めて聞いたよ」

「うん、俺も…」

北岡さんを親しい人と言いながら家に呼ばなかったのも、俺が相談に行った時に説明の言葉を濁したのも、自分がそんな立場にあることを知られたくなかったからだろう。

「あいつ、北岡のことが好きなのかな?」

ひょっとして、木辺さんがアメリカに行った時に付き合ってた『恋人』って、今までずっと『可愛い女の子』だと思ってたけど…。

「…わかんない。わかんないけど、嫌いじゃないと思う」

「ま、そうだろうな」

「恋人じゃなくても、北岡さんに『好き』って言われるのは好きなんじゃないかなぁ…」

「かもな」

遠く離れて行く車のエンジン音を聞きながら、俺達はぼーっと突っ立ったままだった。

嵐のようにやって来て、嵐のように去って行った二人の行く末に、興味と不安を持ちながら。

これから二人はどうするんだろうと、考えて。

「さて、今夜は泊まりだったな」

だがそれも、木辺さんがその一言を言う前までのことだった。

「え？」

「あいつらのことはあいつらのことだ。これからは俺達の話をしなけりゃな」

肩にあった手が、軽々と俺を抱き上げる。

「き…、木辺さん？」

「お前には、俺の言葉を信じなかったことと、隠し事をしてたことと、死ぬほど驚かせた罰を与えなきゃ」

「待って…！」

さっきとは違う甘いキスが言葉を奪う。

「ん…」

そして本当にここからは、俺と木辺さんの時間の始まりだった。


「う…」

自分でも謝った。

「ん…っ」

悪いことはしたと思った。

最初から木辺さんは俺に北岡さんに注意しろと言っていたのだし、いくら兄さんに止められていたからとはいえ、彼に秘密を作ったのだから。

そのことで彼が怒るのは当然のことだとも思う。

でも俺が予想していたのは、以前のように子供扱いして、懇々《こんこん》と説教されるんだろうという程度のものだった。

そうでなければ平手の一発でも覚悟するべきか、と。

でも木辺さんのお仕置きは全然違うものだった。

「キスとかはされなかったんだろ？」

「されないよ…！　さっきも言ったじゃない、あの人は小説の描写と俺の身体を比べるためだけで…」

敷きっぱなしの、タバコの匂いの残る布団。

家の奥にある彼の寝室へと抱き運ばれた俺はまずその上に下ろされた。

それだけで『される』のかなとは思った。

この部屋へは普段立ち入り禁止に近かったし、用がなければ自分も入ろうとはしなかった。

ここへ来るのは抱き合うためだけなのだ。

でも、こんなふうにされるとは思ってもみなかった。

「身体を調べるか、ムカつく響きだな」

「ただ背中を見られただけだってば」

「泣きながら名前を呼んで駆け込んで来たのに？」

「だからそれは押し倒されたから驚いて…」

「押し倒されたねぇ」

「…あ！」

布団の上へ俺を下ろしたあと、彼はまず深いキスをくれた。

そしてそのキスの間に、器用に俺のネクタイを取り、上着を脱がせたかと思うと、布団に俯せにさせた。

それでも、警戒も驚きもしなかった。

次には上から覆い被さって来るだろうと思っていたからだ。

彼に会いたくて、抱かれたくて、そのために今日ここへ来たのだから、それは怖いことでも何でもない。

けれど彼は俺を抱き締めるのでもなく、上から重なってもこなかった。

あっと言う間に俺の腕をねじると、さっき外したネクタイで後ろ手に縛り上げたのだ。

驚いた時にはもう遅かった。

彼は背後から俺の下を脱がせてしまった。

ワイシャツを脱ぐ前に腕を縛られたから、それは脱ぐことができない。

つまり俺は恥ずかしくも彼の目の前に下半身を晒したままシャツ一枚で転がされてしまったのだ。

「背中には触られたんだろ?」

「それはそうだけど…」

「こんなふうに?」

シャツの裾から入り込んだ手が肩甲骨の間まですするっと上がる。

「…あ…」

さっき北岡さんの指が置かれた正にその場所なのだけれど、受ける感覚は全然違う。

北岡さんの時には寒気がするほど嫌で、鳥肌を立てたのは嫌悪感からだった。

でも今肌が粟立《あわだ》つのは快感からだ。

「あいつにも、そんな声聞かせたんじゃないだろうな」

「怖いだけだった…」

指が背骨に沿ってまた裾の方へ移動する。

「だって、あの人が俺を木辺さんへの当てつけに襲うんだと思ったから…。俺…、他の人になんか抱かれたくなかったから…」

でもそれは手を引き抜くためじゃない。

「俺が初めてだったな」

指は肌から離れず、そのまま腰を過ぎ、さらにその下へ移った。

「そうだよ、だからあの人がどんなつもりなのか考える余裕もなかったんだ…!」

ただ触っているだけ。

なのに彼の手が恥ずかしい場所にある、彼の目が自分の恥ずかしい場所を見ていると思うだけで苦しかった。

「木辺さん…。手、解いて…」

「ダメだ。これはお仕置きだからな」

「…俺が、悪いの？」

「悪い」

「隠し事をしてたから…？」

「それもある。だが…」

「…あっ、や…っ！」

彼の手がやっと肌から離れたかと思うと、身体の下に差し込まれて腰を持ち上げる。

俺の恥ずかしい場所は更に彼の顔に近づき、会話していた口がその中心を濡《ぬ》らした。

「やだ…っ」

滴るような水の音。

この格好では見えないが、感覚だけで彼が何をしてるかなんてわかる。

「止めて…、そんなとこ舐《な》めないで…っ」

お願いしたのに、舌はそこを舐め続けた。

全身にゾクゾクっと快感が駆け抜ける。

触られてないのに前が硬くなってしまう。

「ん…、ん…」

しっかり抱えこまれた腰に彼の顔が埋まってることを想像すると、余計に感じる。

「お前は自分がこんなに可愛いってことを少しは自覚しろ」

「そんなの…」

「男に興味のないヤツにだって、愛想振り撒《ま》くな」

指が、唾液をまとって中心を抉《えぐ》る。

「…あ…っ！」

ずぶずぶと中へ差し込まれ、ずるりと引き抜かれる。

「ん…っ、ふ…っ」

完全に抜ける前にまた深く沈められ、また抜かれる。

「は…ぁ…、あ…」

その動きに合わせて漏れる声が恥ずかしい。

でも声を止めることもできなかった。

いつも顔を見て、抱き合ってしたことしかなかった。

一方的に快楽だけを与えられるこんなやり方、初めてなのだ。

恥ずかしくて、悪いことをしてるみたいで不安で、焦《じ》れるほどに感じてしまう。

「や…」

「ましてホモっけがある男の前に無防備に出て行くなんて、お前が悪い」

「ん…、や…っ」

「北岡に同じことされたらどうする」

「ダメ…、そんなこと言わないで…」

「お前の泣き顔を見た時、俺はお前があいつにこうされたのかと思ったんだ」

「木辺さ…」

指が中に残り、内側をゆっくりと掻《か》き回す。

「あ…ん…」

体温が上がり、まとわりつくワイシャツが邪魔になる。

「今度こそ、あのヤロウをブっ殺してやると思ったよ」

いや、それよりも、この快感に呑《の》まれないように力を込めたい手が不自由なことが辛《つら》い。

しがみついて、食いしばって、我慢しようと思うのに、それができない。

与えられる快感にストレートに翻弄《ほんろう》されて、身体が溶けてしまいそうだ。

「そんなふうに思わせた、お前が悪い」

指は言葉に合わせて激しく動いた。

「ああ…っ」

勝手な言い草だ。

俺だって悩んだ。

ちゃんと相談したかった。

木辺さんがあんなふうに最初から怒ったりしなければ、きっとそうしていただろう。

泣いたのだって、大袈裟《おおげさ》にしたんじゃない。

俺は別に北岡さんを誘ったわけでもないし、本当にシャツを捲られただけでも泣くほど怖かったのだ。

でも、怒りはなかった。

この人が、こんなにも自分のために冷静さを失っているのかと思うと、愛撫《あいぶ》よりも気持ちがいいくらいだ。

ずっと、背中ばかりを追いかけていた大人の男が、俺のためにこんなふうに激しくなってくれるなんて。

「んん…っ」

酷いことをされてるのに。

こんなやり方は嫌なのに。

それでもいいやと思ってしまえる。

俺は…、木辺さんに弱いのだ。

「は…ぁ…」

好きな人に愛されてるということに、すぐ負けてしまうのだ。

「もう、他のヤツには笑いかけるなって言いたいくらいだ」

「そん…な…」

「できないってことはわかってるがな」

指を中に残したまま、やっと身体が上に被《かぶ》さって来る。

声が耳に近づいて体温を感じる。

「大切過ぎて手が出せなかった相手だ。それくらい考えたっていいだろう。大切で、大切で、自分だけのものにしたいと考えてもいいだろう」

とさり、と身体に重みがかかる。

彼が自分の身体を支えていた腕を外し、俺に体重をかけてきたのだ。

手はどこへ行ったかというと、前へ回って、もう濡れていた俺のモノに触れていた。

「…ああっ」

指が先に触れただけで、声が上がる。

もう我慢することはできなかった。

「や…、だめ…っ」

中にあるのが指だから、痛みはなく快感だけ。

「貴」

耳元で俺を呼ぶ彼の声に身体が痙攣《けいれん》する。

「イク…ッ、イっちゃう…」

恥ずかしいなんて言っていられなかった。

このままだと、彼の布団の上に自分は粗相をしてしまうだろう。

いや、もう既にはしたなく漏らしたものが、前を握った彼の手をぐちゃぐちゃに濡らしているのだ。

「貴」

彼がそこにいるのに、顔が見えないことと、その身体に抱きつけないことが、怖かった。

「いやぁ…!」

「貴」

「…や…っ、う…っ、ひっ…く…」

「貴?」

「いや…」

「一度イった方がいいだろう？」

「いや…、こんなのじゃ…」

あとちょっとでも刺激を受けたら一人でイってしまうだろう。

でもこれでは『抱き合った』ことにはならない。

快感は得られても、気持ちは一杯にはならない。

「謝る…から…っ、ごめんなさいって言うから…、これはいや…っ」

涙声で必死に懇願すると、俺を攻めていた指を引き抜いた。

「あ…、だめ…っ」

それだけで終わりそうだったのに、彼の手が前を強く握ってくれたから、張り詰めた場所に加えられた痛みが絶頂感を一瞬抑えて何とか堪《こら》えることができた。

「き…木辺さ…」

シュッ、と音がしてネクタイが解かれる。

締め付けられて冷たくなっていた手に血が流れていく。

「顔…、見せて…」

「自分で前押さえろ」

「でも…」

「一人でイきたくないんだろ？」

「う…」

他人の前で自分のモノを握るなんて、恥ずかしくてしかたないことだけれど仕方がない。

彼の言う通り、一人でなんかイきたくないのだ。

俺は痺《しび》れている手でぎゅっと自分の熱いモノを握った。

自分の手と、他人の手ってこんなに感触が違うんだ。

自分の手ならば、触れても大丈夫だ。

でも、俺を快感に導いていた彼の手は、その間にも忙しく動いていた。

縮こまって身体を丸める俺を仰向けに返し、目の前で木辺さんが服を脱ぐ。

逞しい身体が露になる。

その表情はまだ怒っているように強ばっていたが、それが怒りのせいではないことは、引き出された彼の猛《たけ》るモノが教えてくれた。

俺を苛《いじ》めているだけだと思っていた木辺さんもまた、自分で感じてくれていたのだ。

「足、開け」

「開け…ない…」

「貴」

「だって…もう…」

「チッ」

舌打ちして、彼が俺の膝に手をかける。

大きく開かされた足の間に彼の身体が入り込む。

「あ…」

入り口に、彼のモノが当たる。

「力抜け」

といつも言われるけれど、こんな状態で力が抜けるわけがない。

彼を挟み込まないように足を緩めるだけでも精一杯だ。

グッと入り口を押し広げて彼が入って来るけれど、絶頂を抑えるために力を入れている場所には先端しか迎えられなかった。

「貴」

木辺さんの指が入り口を広げると、何とかそこは彼を咥《くわ》えることができた。

苦しい呼吸。

それに合わせるように身体が近づいて来る。

痛みがあって、手で押さえなくても大丈夫なくらい絶頂が遠のいていくから、俺は自分の手を彼の身体に回した。

回そうとした。

けれどまだ彼は遠くて指は届かないから、わずかに彼の腰を引っ掻いたに過ぎなかった。

「は…」

「俺が…、摑みたいのか…」

彼の声が掠《かす》れている。

「摑み…たい…。抱き締め…い…」

俺と同じように、呼吸も荒くなっている。

「だって…、俺のでしょう…？　俺があなたのなんだ…ら…」

「…可愛いこと言うなよ」

木辺さんの手が俺を包んで引き寄せる。

「ああ…っ！」

けれど俺は彼を抱き締めることはできなかった。

深く中に入り込んだ彼がくれる快感に溺《おぼ》れて、意識が遠のいてしまいそうだったから。

「あ…、や…っ」

チカチカと目の前に光が散る。

身体が揺れて、そのたびに全身を震えさせるほどの快感が走る。

「木辺さ…」

それでも何とか必死に腕を回して彼の背に爪《つめ》を立てると、重なった身体の間で大きな手が俺のモノを擱んだ。

強弱をつける指の動き。

「あ…、あ…っ、あ…ん」

前と後ろを同時に攻められて、声が止まらなくなる。

「誰にも渡さない。カケラ一つもだ」

この人しか知らなくていい。

この人だけいればいい。

「お前は俺のものだ」

何をされても、何を言われても。

「貴は俺のものだ」

こんなふうに俺を抱くのはこの人だけでいい。

俺がしがみつく相手は彼だけで。

「あ…ああ…っ！」

溢《あふ》れる快感に露が零れてゆくのを感じながら、俺は彼の名を呼んだ。

好きで、好きで、堪らないただ一人の人の名を。

「木辺さ…ん…っ！」


小さい頃。

俺は兄さんと彼の後ろをついて行くだけしかできない子供だった。

夕暮れを知らせる鐘が街に響くと、歳の離れた自分は一人置いて行かれてしまうことが辛かった。

彼が足を止め、振り向いてくれない限り自分は彼の隣には立てない。

それが悲しかった。

『好き』と告げて、恋人になっても、どこかに残っていたその寂しさ。

去って行く背中に『行かないで』と言える立場になれても、やはり向けられるのは背中なのだと、どこかでわかっていたからかも知れない。

『ナントカのナントカ』で言い表される自分。

何かの付属物でしかいられなかった自分。

それが、彼の、木辺さんの隣に立てることはないのだろうかと思っていた。

年上で、兄の友人で、有名な作家で、自分よりも前を行く人だから。追いかけて『行かないで』とその足を止めさせることしかできないのだと。

北岡さんとの付き合いを止めたのも、ものを知らない子供に注意しただけだと思ったから、どこか反発する心があったのかも知れない。

けれど、そうではなかった。

自分が気がつかなかっただけで、もうとっくに彼は俺の手を取ってくれていたのだ。

肩を並べていいと言ってくれていたのだ。

夕暮れの鐘が鳴り、去って行く後ろ姿。

俺は彼に『行かないで』と言える。

彼は足を止めて待っていてくれる。

俺は走りだし、彼に近づき、隣に立つ。

「遠くへ行くな。他のヤツについて行くな。俺のものなら手の届くところにいろ」

木辺さんはそう言ってくれる。

愛されて、ワガママを言われて、独占されて、やっと気がついた。

俺は、木辺さんにとっては何の付属物でもない。

ただの『恋人』なのだ。

ただ一人の『恋人』なのだ。

彼が俺のそれであるように…。


「タイトルはそうだな…、『愚者の恋』かな」

座敷でごろごろと寝転がる俺の前で、木辺さんは美味《うま》そうにタバコを吸っていた。

「恋愛慣れしてる男が、自分の気持ちにだけは素直になれず、恋に迷うって話だ」

その向かい側には今まで見たこともないくらい腹立たしい顔をしている兄さんが座っていて、俺などいないかのようにじっと木辺さんだけを睨みつけている。

一泊だけのつもりで出した俺が、日曜になっても戻らないから迎えに来たのだと言って入って来た時には、兄さんの顔にはまだ笑顔があった。

俺に向かって、『恋に溺れるのもいいが、仕事だってあるだろう』と小言も言った。

けれど、木辺さんがちょっと相談があるのだと座敷に兄を呼んで、これから書くつもりの新作の相談を始めると、その表情は一変したのだ。

「最初は男女の友情だ。だがそのうちに二人の間にズレがあることを女が感じる」

「女が感じるのか」

「男なのか?」

「俺が知るか」

「じゃあ女だな」

話が長くなりそうなので、行儀は悪いと思ったが、俺はその場にごろ寝。

いつもなら兄さんはみっともないと怒るのに、もう俺なんか目に入ってないのだろう。

「女にはもう一人男の友人がいた。だから先の男はそれが恋人なのかと誤解する」

「…それで?」

「嫌がらせを受ける」

「それで」

「男の気持ちに気づいていながら、女はそれを友人の方の男に注意はしてやらない。何故《なぜ》だと思う?」

「…何故だ」

「当て馬だよ」

二人が話をしているのは、確かに木辺さんがこれから書くと言っている『新作』の小説の内容だった。

けれど昨日の夜じっくりとそれを聞かされていた俺はもう知っている。

いや、聞かされていなかったとしてもこの会話ですぐにわかっただろう、それが兄さんと北岡さんのことを題材にしているものなのだと。

そして、それをわざわざ兄にするというのが、彼のイジワルなんだってことも。

「女は男に対して強い恋愛感情は抱いていなかった。だが、決着をつけて別れることもできないくらいには好きだったんだ」

もちろん、女は兄さん、恋を仕掛けて来る男が北岡さんで、友人の男が木辺さんだ。

「いつまでも自分を好きでいて欲しいと思ってたんだな。ハッキリ恋人だと決めなければ相手の興味が持続すると思ってたんだろう」

兄さんにもその意図は通じているのに、表だって怒ったりはしない。

怒れば認めることになるからだろう。

「それで？　結末はどうなるんだ？　友人は女の妹とデキるんだろ？」

せめてもの抵抗としてそう言った兄さんに、木辺さんがにやっと笑って見せる。

そう言われるのは予見済みだって感じに。

「ああ、そうだ。それで主人公の男は女の妹を襲う。そこで初めて女は友人の男に、主人公の男と恋愛したいと告白するんだ」

あ、兄さんの顔がまた歪《ゆが》んだ。

「恋愛する?」

「そうだ。恋愛小説書くんだから、ハッピーエンドじゃないとな。それとも、至だったら別のオチを付けるか?」

「…俺だったら? 俺だったら、女は男に踏み切るだけの魅力を感じてなかったってことにするね。男が自分を惚れさせるほどの人間にならないなら、自立した女として仕事に没頭するっていうのもアリだろう。今時は自立する女が持て囃《はや》されるからな、悪くないんじゃないか?」

二人の間に火花が散ってるのが見えるようだ。

「へえ、仕事で自立ねぇ」

もう何でも対等に話してくれる恋人から、俺は心の内も聞いていた。

木辺さんが嫌がらせのようにこんなことを言うのは、怒ってるからだ。

でもそれは人を騙《だま》しやがってっていうのじゃなく、親友のクセに隠し事して水臭えって気持ちなのだ。

それに、兄さんも同じような気持ちなんだろうな。

ひょっとしたら、弟のことで反対していたから、自分のことは言い出しにくかったのかも。

うん、それはあるな。

兄さんってば結構プライドの人だし。

それに、こうして考えると、北岡さんが俺に優しかったのは、『好きな人の弟』である俺にいい印象を持って欲しかったんだろう。

一昨日《おととい》あの速さで二人が駆けつけられたってことは、俺も知らない兄さんの仕事先を北岡さんは知らされてたってことだから、案外兄さんも…。

こうして二人の会話を聞いてるだけというのは昔とあまり違いはない。

「貴、お前はどう思う？」

でも昔と違うのは、こうして木辺さんが俺を振り向いてくれること。

「俺？」

二人の視線を受ける俺が、慌てて駆け寄って、彼等に追いつくことだけを考える…、のではなくなったこと。

「俺は別にどうでもいいなあ」

「どうでもいいのか」

「うん、物語の終わりが『そして幸せになりました』なら、何でもいいや。俺、ハッピーエンド志向だから」

「子供だな」

「大人だって幸せは好きでしょ？　それに…」

「それに？」

追いつかなくてもいい。

自分はもう二人と同じ場所にいる。

大切にされて、愛されている。

木辺さんにも、兄さんにも。

だから俺は、自分の立っている場所から、自分の言葉を二人に向けることができるんだ。

「俺は別の話がしたいなと思って」

「別の話？」

腹ばいになって、頬杖《ほおづえ》ついて、振り向いた二人に向ける笑顔。

「あのさ、俺引っ越ししようかと思って」

「引っ越す…ってどこへ？」

チラリと兄さんが木辺さんを見る。

うん、さすが。

兄さんは察しがいいね。

「そう。俺、ここに引っ越してきたいんだ」

この話はまだ木辺さんにも言ってなかったから、彼も驚いた顔をする。

「木辺！」

「違うって、俺は何にも…」

「あのね、俺が自分で考えたの。もし木辺さんが嫌でなかったら、四六時中俺を独占したいって思ってくれるなら。俺は好きな人と一緒の時間が沢山ある方がいいんだ。家族が嫌いとかそういうのじゃなくて、一番好きな人と一番長く、近くにいたいんだ」

自分の本当の気持ちを、こうやって口に出せるようになった。

「だからもし木辺さんがいいって言ってくれるなら、ここで一緒に暮らしたい」

『どう思う？』ってことを、悩むばかりじゃなくハッキリと声に出して聞ける。

「俺はいいぞ」

俺は俺なんだから、これでいいって思えるようになったんだ。

「木辺」

この人が、俺を必要としてくれるって自信ができたから。

「貴は俺のものだと思ってるからな。自分のものは手元に置きたい」

「そんなこと…、親に何て言うつもりだ！」

「うん。だから兄さんにも協力して欲しいんだ。俺がここに住めるように、一緒に親を説得してよ」

「貴！」

「それで今回のことは全部忘れてあげる」

「…脅迫するのか？」

「違うよ。兄さんが北岡さんを好きでもそうじゃなくても、兄さんの恋は兄さんのもの。そして俺の恋は俺のものってだけ。俺は、木辺さんが好きなんだ」

にやっと勝ち誇ったように笑う木辺さんの視線を受けて、兄の顔が歪む。

それでも知ってるよ。

兄さんはちゃんと賛成してくれるって。

もう俺にはわかってる。自分が二人に大切にされてるってことを。

「…わかった。考えといてやる」

「ありがとう」

でもごめんね。

俺は一番を決めてしまったから。その人だけが欲しいんだ。

兄さんを回りこむようにして俺に近づいて来るこの人だけが。

「北岡に言っとけ。至の隣の席なんざ簡単に譲ってやるから、自分で努力しろってな。その代わり、こいつの所有権はもう兄貴であってもお前にはない。こいつは俺のものだ。これから貴のことは俺に『お伺い』を立てるんだぜ」

大きな手が俺の手を握る。

俺もその手を握り返す。

この手が一番。

「…バカップルが」

もう何にならなくてもいい。

追いかけもしない。

俺は自分の気持ちでここに来る。

自分の気持ちでここを選ぶ。

この人の『恋人』でだけあれば。

「うん。ありがとう」

ただ、二人でいられるならば。

俺はとても幸福なんだって、この手が教えてくれるから…。

あとがき

皆様初めまして、もしくはお久しぶりです。火崎勇《ひざきゆう》です。

このたびは「書きかけの私小説」を手にとっていただきありがとうございます。

そして、イラストの真生《まき》様、担当のM様、色々とお世話をおかけしました。


さてこのお話、いかがでしたか?

何をどう言っても、ヘタレ攻めの話です。

だってそうでしょう?

ずっと昔に貴《たかし》に惚れていながら「好き」って告白できなくて、友人であり貴の兄でもある至《たもつ》に止められたらそのまま我慢するだけ。

しかも胸に秘めた想いだけはこっそり書き綴ってるんですから。

皆様ももうお気づきでしょうが、書き下ろしの方で出て来た半熟カップル（まだ読んでいない方のために敢えて名は伏せますが）。こちらもまたヘタレ攻めですしね。

それでも木辺《きべ》と貴は年齢差もあって、きっと木辺リードで上手く行くでしょう。

でも同い年カップルの方は…。

実はちょっと自分でもこいつらどうなるんだろう、とか考えたりして。

元々「好きだ」って言われた時には意識もしていなかったんでしょう。でもそれでも突っぱねられないくらいには好きで、ずっと一緒にいる間に自分も好きなのかなって意識し始める。

でも自分から「好き」って言えなくて、相手が「好き」って言いつづけてるのを手玉に取るのが楽しくなってしまった。

ええ、彼は実は作中一番のワルですから。

彼はきっとこれからも恋人と、親友と、弟の鼻面を引きずり回しながら自分だけ一番いい位置をキープし続けることでしょう。

多分それに気づくのは貴だけでしょうが、気が付いたとしても誰も逆らうことはできないと思います。

彼が強くてコワイから…（笑）。

それではそろそろ時間となりました。またどこかでお会いできる日を楽しみに。

今回はこれにて失礼いたします。

この本を読んでのご意見、ご感想を編集部までお寄せください。
《あて先》〒105－8055　東京都港区芝大門2－2－1　徳間書店　キャラ編集部気付
「火崎勇先生」「真生るいす先生」係

■初出一覧
書きかけの私小説……小説Chara vol.7（2003年1月号増刊）
二人の私小説……書き下ろし

Chara
書きかけの私小説

【キャラ文庫】

2004年12月31日　初刷

著者　火崎 勇
発行者　市川英子
発行所　株式会社徳間書店
〒105-8055 東京都港区芝大門2-2-1
電話03-5403-4324（販売管理部）
03-5403-4348（編集部）
振替00140-0-44392

印刷・製本　図書印刷株式会社
カバー・口絵　近代美術株式会社
デザイン　海老原秀幸

ISBN4-19-900333-9

好評発売中

火崎 勇の本

【ロジカルな恋愛】

イラスト◆山守ナオコ

名門校で浮いてるアイツが、全国模試で二位、しかも校則違反のバイトをしてる!?　カフェではギャルソン姿も凛々しく、大人っぽく振る舞いながら、学校では一切素振りを見せない。クラスメートの園部《そのべ》が見せる二つの横顔――そのギャップのわけが知りたくて、毎日家を訪れるようになった渉《あゆむ》。だけど次第に、自分だけが知っている園部の素顔を独占したくなって…!?

好評発売中

火崎 勇の本

【負けてたまるか！】

イラスト◆史堂 櫂

「二人のうち、優秀な方を跡継ぎにする」――突然父から言い渡された後継者レース。大企業の御曹司・斎《いつき》の前に現れたのは、怜悧な美貌の義弟・立城《たつき》。しかも「絶対あなたに勝ってやる」と、正面から宣戦布告してきた!! 闘争心を剥き出しに挑んでくる立城に、逆に興味をかきたてられた斎。なんとか接近しようとするけれど…!? 恋と跡継ぎの座を賭けたラブ♥バトル!!

キャラ文庫最新刊

白皙
五百香ノエル
イラスト◆須賀邦彦

若手プロ棋士・嘉村《かむら》にとって天才棋士の藤沢《ふじさわ》は大きな目標だった。ところが藤沢は嘉村を欲望の捌け口にして…!?

部屋の鍵は貸さない
池戸裕子
イラスト◆鳴海ゆき

恋人の夏目《なつめ》に別れを告げられた大学生のサキ。でもなぜか、その後も夏目はサキを激しく求めてきて——!?

書きかけの私小説
火崎 勇
イラスト◆真生るいす

貫《たかし》は文芸雑誌の新人編集者。断筆中の作家・木辺《きべ》の担当になるが、実は彼は貫の幼なじみで!?

1月新刊のお知らせ

神奈木智［くすり指は沈黙する その指だけが知っている3］cut/小田切ほたる

たけうちりうと［泥棒猫によろしく］cut／史堂 櫂

秀香穂里［ふたりにひとり(仮)］cut／宮本佳野

2005年1月27日(木)発売予定